KB066475

약한 나로
강하게

약한 나로 강하게
김동문 지음

초판 발행 2021년 11월 15일
초판 인쇄 2021년 11월 20일

지은이 김동문
펴낸이 신현운
펴낸곳 연인M&B
기 획 여인화
디자인 이희정
마케팅 박한동
홍 보 정연순
등 록 2000년 3월 7일 제2-3037호
주 소 05056 서울특별시 광진구 자양로 73(자양동 628-25) 동원빌딩 5층 601호
전 화 (02)455-3987 팩스(02)3437-5975
홈주소 www.yeoninmb.co.kr
이메일 yeonin7@hanmail.net

값 15,000원

ⓒ 김동문 2021 Printed in Korea

ISBN 978-89-6253-517-4 03810

약한 나로 강하게

김동문 지음

Dum Spiro, Spero!
....
숨 쉬는 한, 희망은 있다!

가슴으로 써내려간 희망서사시

모든 사람은 저마다 버거운 삶을 살아가고 있다.
그 가운데 어떤 사람은 불행을 택하고
또 어떤 사람은 행복을 택한다. 나는 온몸으로 불행을 선택했었다.
그러나 이젠 온몸으로 행복을 선택했다.

연인M&B

나의 이야기를 읽고 피드백을 보내 주었던 분들이 있었습니다. 요약을 하면, "목사님, 저도 많이 아팠고요… 그 아픔은 현재진행형이에요.", "저도 이제 아픔을 떨쳐내 버릴 용기… 행복해질 용기를 내기로 작정했어요."였다.

그런 피드백을 보내 주신 분들은 한결같이 너무나 인생을 성공적으로 살고 계시는 분들이었습니다. 그분들이 나의 이야기를 읽고 놀랐듯이, 나 역시 그분들의 피드백을 듣고 놀랐습니다. 그러면서 '아, 사람들은 그렇게 너 나 할 것 없이 아픔을 가지고 사는구나!' 하는 생각이 들면서 사람들이 도토리 키재기하면서 서로 상처를 주고 서로 상처받기보다는 서로 토닥토닥 쓰담쓰담해 주면서 살아야겠구나 싶었습니다.

또 김동문도 대단하지만, 오늘의 김동문을 있게 한 두 분의 믿음의 어머니도 정말 훌륭하시고 제 아내도 참 대단하다고 하시는 분들이 많았습니다. 그렇습니다. 저는 두 분의 믿음의 어머니들이 오늘 이 시대의 믿음의 영웅들이라고 생각합니다. 그리고 아내 또한 그 뒤를 잇게 될 줄 믿습니다. 제가 책을 낸 후 두 분의 믿음의 어머니께 드렸는데 참 좋아하시고 뿌듯해하시더군요.

저는 저의 이야기를 쓰면서 사실은 오늘의 저를 있게 해 주신 분들을 자랑하고 싶었습니다. 그리고 무엇보다 약한 나를 강하게 하신 주님을 자랑하고 싶었습니다. 이번에 주님을 믿는 독자님들이나 주님을 믿지 않는 독자님들도 좀 편하게 읽을 수 있도록 편집을 새로하였으며, 초판 이후 생긴 삶의 변화가 있어 네 편을 더 넣어 개정판을 내게 되었습니다.

아무쪼록 우리 함께 주님을 믿는 믿음 안에서 아픔과 이별할 용기를 내고 행복해질 용기를 내었으면 좋겠습니다.

Dum spiro, spero!
숨 쉬는 한, 희망이 있다!

2021. 11.
허당 김동문 목사 드림

아주 어렸을 적엔 이 세상에서 내가 가장 불행하고 가장 힘든 인생을 살고 있다고 생각했었다. 그러나 인생 60고개에 접어들고 있는 지금은 이 세상 그 어느 누구에게도 쉬운 삶은 없으며, 모든 사람은 저마다 버거운 삶을 살아가고 있다는 것을 깨달았다.

그런데 어떤 사람은 고단한 삶 속에서도 행복을 선택하여 행복을 누리며 사는 사람이 있고, 또 어떤 사람은 그 고단한 삶의 무게를 버거워하며 불행을 선택하여 불행하게 사는 사람이 있다는 것이다. 나는 예수님을 믿기 전에도 죽을 만큼 사는 것이 힘들었고, 예수님을 믿고 난 이후에도 힘든 것은 매한가지였다.

다만, 나는 예수님을 믿기 전에는 불행을 선택하여 스스로를 불행한 삶으로 밀어넣었다. 그래서 때로는 슬픔의 에너지를 쏟아 내었고, 때로는 분노의 에너지를 분출하면서 불행하게 살았다. 그러나 나는 예수님을 믿은 후에는 행복을 선택했고, 행복하게 살기로 작정을 하고 젖 먹던 힘을 다하여 행복을 추구해 왔다.

몇 십 년 전만 하더라도 자살이라는 단어는 일반인들에겐 너무나 낯선 단어였다. 그런데 지금은 불행하게도 그 단어는 사람들 사이에 너무나 익숙해져 버린 단어가 되었다. 하물며 신앙으로도 자신의 고통과 고난을 이기지 못해 자살을 선택하는 사람들이 점점 많아지고 있다. 대단히 유감스럽게도 지금 우리가 살고 있는 시대가 바로 그런 시대이다.

나는 신앙을 갖기 이전에도 나의 삶이 내가 살아 내기엔 너무 버거워 스스로 죽기를 원했고 시도도 했었다. 나는 신앙을 갖고 난 후에도 내가 져야 할 삶의 무게에 비해 내 존재가 너무 미약하다는 생각에 죽고 싶었던 때가 여러 번 있었다. 다행히 신앙에서 나오는 생명의 힘이 죽음의 힘을 이겼기에 나는 오늘도 존재하고 있다.

나는 목사이면서 사회복지사와 음악치료사이다. 그래서 교회 안과 밖의 지치고 상한 사람들을 많이 만나고 있다. 목회 현장에서 상하고 찢긴 목회자 부부들, 외적으로는 교양미와 지성미와 전문성이 빛나지만 속으로는 많은 슬픔과 아픔과 분노와 우울을 가지고 사는 사람들, 한때는 한 가정의 구성원이요 사회에 기여하는 삶을 살다가 이런저런 사유로 노숙 생활을 하고 있는 노숙인들, 소싯적 나를 연상케 하는 역기능 가정의 찢기고 상하고 연약한 아이들과 학업 중단 위기에 있는 청소년들도 만났다.

나는 현재 노인주간보호센터를 운영하면서 치매를 비롯한 노인성 질환으로 인해 일상생활이 힘든 노인들을 가까이서 모시고 있다. 게다가 캄보디아의 현지교회 지도자들과 아프리카 우간다의 지도자들과 노인들도 만나 품어 주는 사역을 해 왔다.

하나님께서 나를 계속 사용하시는 한, 나는 그렇게 약하고 상하고 아픈 이들을 만나 신앙에서 나오는 영성과 직업적 전문성을 가지고 그들을 섬기겠지만, 내가 직접적으로 만나지 못하는 사람들에게 내게 구원의 은혜를 주시고 성령으로 도우셨을 뿐만 아니라 하나님의 대리자들을 내게 보내 주셔서 약한 나를 강하게 하신 주님을 자랑하고 싶다.

이 책은 페이스북과 밴드에서 나의 별명 변천사를 중심으로 연재했었던 것을 정리한 책이다. 나는 엄마 아빠라는 말을 배우기도 전에 세상 속으로 내던져진 김동문이라는 약하고 약한 아이가 하나님의 은혜로 강해져 가는 삶의 이야기를 시간을 넘나들며 기록했었다.

이제 내 나이는 60을 향해 달려가고 있는데, 나이를 먹을수록 약한 것을 자랑하기가 점점 두렵고, 반면에 나를 포장하고 싶은 세속적 욕망이 슬금슬금 올라오는 것을 느꼈다. 이러다간 정말 내 안에 예수님은 사라지고 그 빈자리에 세속적 욕망이 자리를 잡을 것 같았다. 그래서 무엇보다 나는 나의 믿음을 새롭게 하기 위해서 나의 약한 것과 주님의 강하심을 증거하고 싶었다.

또한, 내가 사역의 현장에서 만났던 약하고 아프고 상한 수많은 이들, 지금 이 시간에도 남몰래 눈물 흘리며 아파하고 고통스러워하는 수많은 이들에게 불행의 아이콘이었던 내가 행복의 아이콘으로 살아가고 있는 이야기를 들려줌으로써 그들 역시도 약한 나를 강하게 하시는 예수님을 경험하게 해 주고 싶었다. 정말 약한 나를 강하게 하신 예수 그리스도가 그들의 예수 그리스도가 되는 경험을 하게 되기를 간절히 소원한다.

하나님은 약한 나를 강하게 해 주시기 위해 천사들을 내게 보내어 주셨다. 1986년 당시 서울지방법원의 재판장이셨던 이재훈 판사님, 안양 교도소 교무과 직원이셨던 정○○ 교도관님, 믿음의 어머니 김영숙 원장님, 믿음의 어머니 김수경 권사님, 무명의 성도님들이 바로 그들이다. 이분들은 내가 가장 힘들고 어려웠을 때, 나를 일으켜 세워 주셨던 분들이다. 하나님께서 이분들을 축복하여 주시기를 간절히 소원한다.

| 차례 |

1.
내 이름은 송충이, 송충이라 불러다오!

다섯 살 무렵 큰부모님과 6명의 사촌 형제들과 나의 모습(원 안)
내 뒤의 사람은 어머니 대신 나를 업어서 키운 사촌 큰누님
우측 상단은 나의 아버지 생전 모습

내 이름은 송충이, 송충이라 불러다오!

대구광역시 북구 침산3동에서 서자로 출생한 나는 나의 뜻과는 무관하게 한 살 무렵에 세상 속으로 던져졌다. 아버지는 무슨 이유에선지 스스로 목숨을 버리셨다. 지금도 왜 아버지가 어린 나를 두고 그렇게 훌쩍 가셨는지 모른다. 아마도 어린 시절 그게 무척 궁금했겠지만 집안 어른들 누구도 내게 그 연유를 말씀해 주지 않으셨고, 나도 묻지 않았었다.

나의 갓난아기 때는 나의 사촌 큰누님이 나를 업어 키우셨다고 한다. 아마 아버지께서는 나를 키우시기 위해 시골에서 초등학교를 다니던 사촌 큰누님을 대구로 불러들이신 모양이다. 그러나 아버지가 돌아가시자 큰아버지께서는 아버지 장례를 치르시면서 사촌 큰누님과 함께 나를 시골로 데려가셨단다. 그렇게 나는 아빠 엄마라는 말을 배우기도 전에 아빠 엄마를 잃어버렸고, 큰아버지 큰어머니는 그 어린 나를 불쌍히 여기셔서 거두어 주셨다.

여섯 살 무렵 어머니와 함께 창경원에 가서 찍은 사진이다.
어머니가 사 주셨던 자장면이 참 맛있었던 기억이 남아 있다.

큰아버지와 큰어머니를 비롯한 사촌 형제들은 나에게 정말 고마운 존재들이다. 6남매를 두신 큰아버지 큰어머니는 당시 어려운 살림에도 불구하고 조카인 나를 거두어 주셔서 내가 가정이라는 틀 안에서 건강하게 잘 자랄 수 있게 하셨다. 또 사촌 형제들은 자신들의 몫을 나에게 나누어 주어야 하는 상황을 수용해 주었다.

그러나 그때 내가 얻은 최초의 별명은 송충이였다. 아마도 주변 사람들은 그냥 농담 삼아 나를 송충이로 불렀을 것이고, 지금은 기억하지도 못할 것이다. 그러나 나는 내가 어린 시절 송충이로 불리워진 것을 기억하고 있다. 그 시절 시골에서는 송충이를 쉽게 볼 수 있었는데, 그 벌레는 너무나도 징그럽게 땅바닥을 기어다녔다.

어렴풋한 기억이지만 나도 송충이라면 정말 기겁을 할 정도로 싫어했던 것 같다. 그런데 내가 송충이로 불렸으니… 아마도 그것이 어린 나에겐 큰 충격으로 와닿으면서 내 마음속에 상처가 깊게 패였던 것 같다. 그 별명은 나의 청년 초입기까지 나의 정체성으로 자리잡았었다. 특히, 청소년기에 내가 나를 불행한 존재로 인식하게 되는 결정적인 계기가 되었었다.

다시 한 번 말하지만, 나의 큰아버지와 큰어머니, 그리고 여섯 명의 사촌 형제들은 내게 있어 너무나도 소중한 분들이다. 큰아버지와 큰어머니가 아니었다면, 분명 나는 고아원으로 보내졌을 것이다. 그리고 여섯 명의 사촌 형제들은 사촌이 아니라 그냥 나의 형님이요 누님들이요 동생이었다. 그런데 인간이 참 간사하다는 것은 나를 통해서도 증명이 된다. 내 어린 시절을 돌아보면 기쁨보다도 슬픔이 더 많으니까 말이다.

내 이성적으로는 큰아버지 큰어머니와 사촌 형제들이 내게 베풀어주었던 은혜와 사랑을 조목조목 다 말할 수 있다. 그런데 내 가슴은 은혜와 사랑보다는 서럽고 아팠던 기억이 먼저 떠오른다.

만약 내가 일찌감치 사회생활을 하면서 그렇게 큰댁에서 받았던 은혜와 사랑을 더 많이 기억했더라면, 청소년기와 청년 초기의 삶이 달라졌을 것이다. 그런데 웃었던 기억보다도 울었던 기억이 앞서다 보니 섭섭함과 원망이 생기고, 그러한 생각들이 나 스스로를 불행의 구렁텅이에 빠트린 주요인이 된 것 같다.

이젠 큰아버지와 큰어머니도 하늘나라로 가고 안 계신다. 큰어머니께서 하늘나라로 가시던 그해 추석에 큰아버지와 큰어머니께 술을 한

잔 따라 드리고 싶었다. 자식과도 같은 조카인 나도 목사가 되었기에 술을 사다 드리지 않았었고, 큰아버지 큰어머니도 가로늦게 신앙을 가져서 목사인 나보다도 성경 말씀을 더 많이 읽으시고 기도도 더 많이 하실 정도로 신앙생활을 열심히 하고 계셨기 때문이다.

그런데 그해 따라 술을 한잔 따라 드리면서 그 어려웠던 시절에 그 어린 나를 거두어 주시고 키워 주셔서 감사하다는 말씀을 드리고 싶었다. 그래서 좋은 술을 한 병 사 가지고 가서 한 잔씩 따라 드리니 큰아버지와 큰어머니께서는 너무 좋아하셨다. 목사가 술을 따라 주니 더 좋다고 하셨다. 그리고 나서 어린 나를 거두어 주셔서 감사하다고 하니 큰아버지도 큰어머니도 손등으로 눈물을 훔치셨다.

2.
내 이름은 공돌이, 공돌이라 불러다오!

어릴 적부터 막노동을 많이 해 본 경험이 교회를 개척하고,
교회를 건축하고, 교회 건물을 관리하는 데도 많은 도움이 되고 있다.
어릴 때의 모든 고통과 고난과 환난은 나를 연단시키기 위한 도구였음을
목사가 되어서야 깨달았다.

내 이름은 공돌이, 공돌이라 불러다오!

나는 1977년 2월에 초등학교를 졸업하자마자 대구에서 연사공장(각종 실을 생산하는 공장)을 다니던 둘째 사촌누님의 손에 이끌려 누나가 다니던 공장에 일당 700원짜리 공돌이로 취직을 했다.

지금도 눈에 선하다. 신작로 버스 정류장에서 사촌누나의 손에 이끌려 대구로 가는 버스에 타려고 하는데 등뒤에서 큰어머니께서 외치는 소리가 들렸다.

"동문아, 몸 건강하거래이~."

내가 돌아서 보니 큰어머니는 눈물을 훔치시고 계셨다. 그때 나는 큰어머니를 향해 이렇게 외쳤었다.

"큰엄마요, 걱정 마이소. 내가 돈 벌어 오겠심더~."

내가 일곱 살 때였던가, 내가 엄마를 찾아 집을 나간 일이 있었다. 여섯 살 무렵 사촌형님 손에 이끌려 서울에 가서 엄마를 만나고 돌아왔었는데, 그 후로 내가 엄마를 향한 열병을 앓았던 것 같다. 그래서 일곱 살이 되었던 어느 날 엄마를 찾아간다고 가출을 하였던 것이다. 신작로를 따라가면 엄마가 있는 서울로 갈 수 있을 것 같았다. 그래서 집을 나와 무작정 신작로를 따라 걷기 시작했다.

한참을 걷고 있는데 뒤에서 큰어머니 소리가 들렸다.
"동문아, 동문아~."
나는 뛴다고 뛰었지만 얼마 못 가 큰어머니께 붙잡혔다. 큰어머니는 나의 등을 때리면서 "이놈아~ 이놈아~." 하시면서 우셨다. 나도 서럽게 서럽게 정말 많이 울었던 것 같다.

1977년 내 나이 열네 살… 나의 사회생활이 시작되었다. 당시 일주일은 주간 근무를 하고 그다음 일주일은 야간 근무를 하였다. 지금 생각하면 정말 살인적인 노동이었다. 그렇지만 둘째 사촌누님이 나를 데리고 살면서 밥도 먹여 주고 옷도 사서 입혀 주면서 애지중지 나를 돌봐 주셨다. 공장의 다른 누나들도 나를 이뻐해 주었다.

그렇게 둘째 사촌누나랑 공장을 다니던 중에 내가 그만 사랑을 하게 되었다. 내 나이 열여섯 살 때 나를 사랑한 강원도 출신 한 살 연상의 열일곱 살 그녀가 있었으니, 그녀는 참 예뻤다. 미소를 지으면 양쪽 뺨에 보조개가 깊게 패이던 그녀, 그녀의 이름은 최정자였다. 그녀는 내가 다니던 공장 바로 옆 공장에 다녔다. 벽과 벽이 불과 2미터도 채 떨어져 있지 않았을 정도로 가까웠다.

야간 근무를 하던 어느 날, 나는 우연히 창밖 건너편 공장을 보니 형

광등 불빛 아래 그녀가 보였다. 마침 그녀도 창을 통해 우리 공장을 보고 있었던 것이다. 그래서 내가 그녀에게 윙크를 보냈다. 그러자 그녀는 볼이 발그스레 붉게 물들면서 나에게 활짝 핀 미소를 보내 주었다.

그때 이후 우리는 창가를 서성이는 횟수가 늘어났고, 나는 건너편 창을 통해 그녀가 보이면 어김없이 윙크를 보냈고, 그녀는 나의 윙크에 살인 미소를 보내 주었다. 어쩌다가 내가 윙크를 하지 않으면, 그녀는 오른손 약지로 자신의 눈을 가리켰다. 그러면 나는 윙크를 보내 주었고, 그녀는 미소로 화답을 했다.

그해 어느 가을날 밤이었던가, 나는 그녀의 손에 이끌려 숲속에 갔었다. 그녀가 말했었다.

"나는 책을 많이 읽었기 때문에 사랑에 대해서도 잘 알아. 나는 너랑 플라토닉 사랑을 하고 싶어."

나는 그녀의 말이 너무 심오하게 들렸고, 그녀가 위대해 보였었다. 그녀랑 함께 있는 것이 사촌누나랑 함께 있는 것보다 더 좋았다. 그래서 밤이 깊도록 그녀와 함께 있다가 집에 갔는데, 누님으로부터 야단을 맞았다. 대가리에 피도 안 마른 게 연애한다고.

그런데 사단이 났다. 동네 조무래기 건달 중에 그녀를 짝사랑했던 녀석이 있었다. 그 녀석은 그녀가 나를 좋아한다는 걸 알고는 질투에 눈이 멀어 자기 친구 여섯 명과 함께 야밤에 나를 습격하여 집단 린치를 가했던 것이다. 그들은 나에게 좌우 스트레이트, 좌우 훅, 이단 옆차기 등등을 날렸다. 느닷없이 일곱 명으로부터 파상공세를 당하였던 나는 그 충격으로 기절했었다.

잠시 기절했다가 가까스로 정신을 차린 나는 비틀거리며 일어나 그 녀석의 이름을 부르며 외쳤다.

"진수 이 새끼, 너 이리 와!"

그러자 그놈은 "저 새끼가 죽을라꼬!" 하면서 달려왔다.

그 순간 나는 온 힘을 다해 이단 옆차기를 날렸다. 발끝에서 그 녀석의 턱이 돌아가는 느낌이 왔다. 그러나 나는 다시 한 번 그 녀석 패거리들로부터 흠씬 두들겨 맞고 기절했다. 그때의 집단 린치로 나는 양쪽 눈뿐만 아니라 온몸에 멍이 들어 거의 일주일간 몸져 누워 있어야만 했다.

그 일이 있고 나서 몇 달 뒤, 나는 연사공장에 있다가는 미래가 없다는 생각이 들어 기술자로 출세하기 위해 둘째 사촌누나의 품을 떠나 철공소에 취직했다. 몇 년간 철공소 생활을 하면서 용접, 선반 등의 기술을 배웠다(그때 배웠던 용접 기술이 나중에 교회를 건축할 때 큰 도움이 되었다).

그 시절, 기술자 형님들에게 욕설도 많이 듣고 많이 맞기도 했다. 지금은 그렇게 했다가는 큰일나지만, 당시는 욕설뿐만 아니라 신체적인 폭력도 많았다. 조금이라도 행동이 굼뜨면 욕설과 함께 연장들이 휙휙 날아왔었다. 그런데 나는 천성적으로 순발력이 좋았기 때문에 연장들이 날아올 때 요리 피하고 조리 피했다.

나는 초등학교 시절에 순발력을 인정받아 핸드볼 골키퍼를 했었는데, 그때 공을 막아 내던 실력이 철공소 다닐 적에 날아오는 연장들을 피하는데 큰 도움이 되었었다. 그러나 내가 너무 잘 피하는 바람에 기술자 형님들에게 얄밉다고 종종 꿀밤을 먹었다. 한 대 맞고 끝낼 것을 두 대를 맞아야 했다.

철공소 공돌이 청소년 시절, 너무나 공부를 하고 싶었다. 철공소 인근에 중학교가 있었는데, 오후가 되어 학교가 파하면 교복을 입은 내 또래 중학생들이 내가 다니는 철공소 옆을 지나갔다. 나는 그 아이들이 철공소 옆을 지나가면 기름 범벅이 되어 시커멓게 된 나의 모습을 보이기가 싫어서 일부러 등을 돌려 일을 했었다. 그러면서 한편으로는 그 친구들이 너무나 부러워서 그들의 뒷모습을 물끄러미 보기도 했었다.

나도 저 친구들처럼 공부를 하고 싶었다. 너무나 공부를 하고 싶어 인근에 있는 검정고시 학원에 다니고 싶었지만 다니지 못했다. 왜냐하면, 내가 받는 월급으로는 학원을 다닐 수 없었고, 또 공장 일이라는 것이 잔업도 수시로 해야 했었기 때문이다.

그 대신 밤에 이런저런 책을 많이 읽었다. 빨강머리 앤과 같은 하이틴 소설류, 로미오와 쥴리엣을 비롯해서 죄와 벌, 부활, 대지, 폭풍의 언덕도 읽었고, 대망이라는 전집도 읽었고, 하여튼 닥치는 대로 책을 많이 읽었다. 그러면서 난 철공소를 다니는 공돌이였음에도 불구하고 문학소년이 되었고 작가가 되는 꿈을 꾸기도 했다. 내 나이 열여덟 살 때는 주간지에 가짜 연애수기를 써서 당선되기도 했었다.

그런데 내가 철공소 다닐 때, 주변의 섬유공장에서 이빨 빠진 주물기어를 수리하러 오는 일이 종종 있었다. 대구는 섬유공장이 많았고, 내가 다녔던 철공소는 방직기계를 생산하는 공장이었기 때문에 나는 주로 방직기계 부품을 수리해 주는 일을 했었다. 그 당시 방직공장에서 일하는 말단 공원을 가리켜 '아브라샤시'라고 했었는데, 주물기어를 수리하러 온 아브라샤시가 나에게 좋은 경험을 시켜 주겠다고 했다.

그날 저녁, 내가 그 친구를 따라 간 곳은 대구 향촌동의 어느 고고장이었다. 나도 그 친구도 십대 청소년이었지만, 이미 우리는 머리를 길렀기 때문에 이십대 초반의 청년 행세를 해도 먹혀들었고, 또 그 당시는 단속이 느슨했던 시절이었다. 암튼, 머리털 나고 처음 들어가 본 고고클럽은 내 눈을 확 돌아 버리게 했다. 이때부터 나는 책과 멀어지면서 문학적 감성은 무디어졌고, 그 대신 고고춤 실력이 늘기 시작했다.

지금에 와서 생각해 보면, 내가 초등학교 시절 사촌형님은 집에서 전축을 틀어 놓고는 청바지를 입고 친구들과 엘비스 프레슬리의 〈프라우드 메리〉 음악에 맞춰 고고춤을 추거나 트위스트 음악에 맞춰 희한한 춤을 추곤 했었다. 그 당시에 나는 사촌형님이 미쳤다고 생각했었다.

그런데 내가 서서히 미쳐 가고 있었다. 그 당시 〈토요일 밤의 열기〉라는 영화가 나오면서 존 트라볼타 때문에 디스코 열풍이 불었는데, 나도 디스코 대열에 합류하였던 것이다. 그렇게 나는 급속도로 어둠의 자식이 되어 가고 있었다.

3.
내 이름은 빵잽이, 빵잽이라 불러다오!

결국, 나는 범죄를 저질러서 교도소에 수감되었다.
그러나 나는 교도소에서 다시 태어나는 경험을 하였다.

아, 그 소녀!

　나는 송충이로 불리워지는 것이 싫었기 때문에 기술자로 성공하고 싶은 마음이 간절했다. 하지만 너무나도 쉽게 방탕의 유혹에 빠져 버렸다. 나는 너무나도 일찍 유흥문화를 알아 버렸던 것이다. 그러면서 한창 꿈을 키울 나이에 좌절과 절망이 주는 회의와 아픔에 남몰래 눈물을 쏟으며 어두운 밤길을 방황했었다. 철공소를 다니면서 공부를 하고 싶었으나 그것도 막혔었다. 변명에 불과하지만, 아마 내가 낙심이 되어 더 쉽게 그쪽 밤 문화에 발을 들여놓았던 것 같다. 그래도 그 당시에 공장은 열심히 다녔다.

　나는 무엇인가 맡겨지면 죽을 둥 살 둥 열심히 하는 스타일이다. 그게 내 천성이다. 그래서 나는 가는 곳마다 어른들의 사랑을 많이 받았다. 그로 인해 일어설 수 있는 기회를 더 많이 얻을 수 있었다. 감사하게도 그 기회를 잘 활용해서 오늘 이렇게 조금은 여유로운 마음으로 과거를 회상할 수 있다고 생각한다. 암튼, 내가 철공소를 다니던 시절 사장님의 사랑을 많이 받고 밥도 사장님 집에서 사장님 식구들과 같이 먹을 수 있었다.

그런데 내 나이 열일곱 혹은 열여덟 살 무렵 너무나도 화창한 봄날, 난 일을 마치고 외출하러 나섰다가 버스 정류장에서 그녀를 보았다. 그녀는 까만 단발머리에 유난히 흰 얼굴을 하고 있었고, 파스텔톤 바탕에 아기자기한 컬러로 수가 놓인 원피스를 입고 버스를 기다리고 있었다. 그래, 난 그녀에게 그만 혼이 나가 버리고 만 것이다. 나중에 알고 보니 그녀는 옆 골목의 공장에 다니고 있었다.

그날 이후, 난 매일 저녁 퇴근 무렵 그 버스 정류장에 나갔다. 나는 그녀를 곁눈질하며 보는 것만으로도 행복했기 때문이다. 어쩌다가 보이지 않는 날엔 하늘이 무너지는 것 같았다. 그래그래, 난 짝사랑의 열병을 앓았던 것이다.

그러다가 나는 드디어 용기를 내어 그녀가 타는 버스에 나도 타기 시작했다. 말을 붙이고 싶었지만 도저히 말을 붙일 수 없었다. 할 수 없이 꽃편지지에 편지를 써서 그녀가 버스에서 내려 자기 집이 있는 골목으로 들어갈 때 전해 주려고 했었지만, 떨려서 건네줄 수가 없었다. 한 열흘 동안 그렇게 시도를 하려다가 결국 못했다. 나는 '이 바보 멍텅구리 쪼다, 빙신….' 하면서 자학을 하기도 했었다.

한 번만 더 시도해 보자 싶어서 그녀의 집 근처 골목에서 편지를 전해 주려고 "저 저그… 머시기…." 하는 순간에 눈에서 불이 번쩍번쩍했다. 클럽의 사이키델릭 조명처럼 번쩍번쩍했다. 원인은 뺨을 왕복으로 여러 차례 맞았기 때문이다. 연이은 뺨따귀로 정신을 잃을 지경이었을 때, 이런 말이 들려왔다.

"이 새끼, 니 내 동생 자꾸 따라댕기몬 니 확 지기삔다 마~."

그녀의 오빠가 나에게 왕복 싸다구를 날리면서 한 말이었다. 그게 마지막이었다. 아, 그녀는 참 예뻤다!

대구… 대구는 나에게 있어서 아픔의 도시이자 슬픔의 도시다. 나는 아픔과 슬픔의 고통을 이겨 내고 싶었다. 1983년 어느 봄날, 나는 미련 없이 대구를 떠나 인천 부평의 건축자재를 생산하는 공장에 취직했다. 이듬해엔 서울로 진입하여 신정동 어느 철공소에 용접공으로 취직을 했다. 그러면서 검정고시 학원을 다닐 기회를 엿보았다.

공장 생활이라는 것이 바쁘면 잔업도 수시로 해야 했기에 공부를 하려고 해도 공부를 할 수 없었다. 그러던 차에 우연히 속기사가 고소득 유망 직업이 될 수 있다는 글을 읽었었다. 그래서 85년 봄부터 영등포에 있는 속기학원을 다니기 시작했다. 하지만 속기사 시험을 준비하던 중 사고를 쳐서 빵잽이가 되고 말았다.

개털 빵잽이의 발칙한 도전

1970년대에 '내 이름은 튜니티 시리즈'라는 영화가 인기를 끌었었다. 〈내 이름은 튜니티, 튜니티라 불러다오〉, 〈아직도 내 이름은 튜니티〉, 〈튜니티, 공중탈출 필사의 비행〉이라는 영화가 시리즈로 나왔었다. '내 이름은 빵잽이, 빵잽이라 불러다오!' 이 제목은 영화제목을 카피한 것이다. 내 이름은 빵잽이, 그것도 범털 빵잽이가 아니라 서럽고도 서러운 개털 빵잽이였던 것이다.

'빵잽이'는 교도소에 수감되어 있는 재소자를 가리키는 은어이다. '범털 빵잽이'는 비록 교도소에 수감되어 있지만, 경제적으로 여유가 있어서 교도소 안에서도 '가진 자'로 살면서 교도관들에게나 동료 재소자들에게 말빨이 먹히는 재소자를 의미하는 은어이다.

'개털 빵잽이'는 나처럼 면회 오는 가족도 없고 돈도 없어서 오로지 국립호텔(교도소를 지칭하는 은어)에서 제공하는 생활필수품이나 급식으로 사는 재소자를 가리키는 은어이다. 개털 빵잽이는 범털 빵잽이

비위를 잘 맞추거나 시다바리(일하는 사람 옆에서 그 일을 거들어 주는 사람) 노릇을 잘하면, 범털 권력의 끝자락을 누릴 수 있다.

지금은 어떤지 모르나, 범털은 교도소 안에서 조금 말썽을 부려도 슬렁슬렁 넘어가기도 했다. 그러나 개털이 말썽을 부리면 일고의 여지없이 징벌을 받아야 했다. 범털은 형기가 남았는데도 가석방 혜택을 받아 일찍 출소하는 경향이 많았지만, 개털이 가석방 혜택을 받는다는 것은 언감생심이었다. 이것은 지금도 마찬가지인 것으로 알고 있다.

나는 개털 빵잽이였다. 나의 교도소 동기들 중에는 당시 시대를 떠들썩하게 했던 인물들이 있었다. 시국사범으로 유명하셨던 분들은 철저하게 다른 재소자들의 접근이 차단되었지만, 유명한 경제사범은 같이 운동도 하면서 대화도 나누기도 했었다. 지금은 고인이 되셨는데, 명성그룹 김철호 회장님도 당시 같은 교도소 같은 사동에 있었기에 운동 시간에 만나 대화를 할 수 있었다. 그분도 나에게 격려를 많이 해 주셨었다.

아무튼, 난 서대문구치소에 있을 때, 뺑끼통(화장실을 나타내는 은어)에서 속옷으로 끈을 만들어 목을 매달려는 찰나 예수님을 만났었다. 무식하면 용감하다는 말이 있듯이, 나는 아무것도 모르고 그만 예수님을 믿은 지 사흘 만에 목사가 되겠다고 서원해 버렸었다(서원이라는 단어도 나중에야 그 의미를 알았다).

목사가 되려면 신학교를 가야 하고, 신학교를 가려면 공부를 해야 하지 않겠는가? 당시 교도소에서는 검정고시반을 운영하고 있었는데, 나와 같은 개털 빵잽이는 가족들이 공부를 위한 지원을 해 줄 수 없기 때문에 검정고시반에 들어갈 수 없었다. 그래서 나는 당시 검정고시반을 담당하고 있던 교도관의 바짓가랑이를 붙들고 떼를 써서 검정고시반에 들어갈 수 있었다. 그때 나는 정말 필사적으로 담당 교도관에게 매달렸었다.

암튼, 그렇게 해서 나는 낮에는 목공장에서 노역을 하고 밤에는 검정고시반에서 공부를 할 수 있었다. 1987년 4월에 고입검정고시를 봐서 합격하고, 같은 해 7월 말에는 대입검정고시에 합격을 했다. 즉, 남들이 6년 걸려 다니는 중고등학교 과정을 1년 만에 끝낸 것이다.

서울올림픽이 개최되었던 1988년에는 한 해 동안 열심히 학력고사 준비를 해서 1989년 총신대학교 신학과에 합격을 하였다. 그래서 1년 가까운 형기가 남았음에도 불구하고 특별 가석방이 되어 대학교를 다닐 수 있었다. 이것은 개털 빵잽이로서는 상상도 못할 일이다. 한마디로 예수님께서 나에게 기적을 베푸셨다고 할 수 있다.

내 이름은 간 큰 빵잽이 승부사

나는 알지 못할 '끌림'에 의해 나의 인생사를 괴발개발 써내려 가기 시작했다. 돌이켜 보면, 내가 생각하기에도 나는 청개구리 기질이 다분하다. 앞에서도 말했지만, 나이가 오십이 넘어가다 보니 나의 허물을 애써 숨기고 싶고 나의 잘난 점은 과대 포장해서라도 드러내고 싶은 욕망이 스멀스멀 올라온다.

비록 여전히 보잘것없을지라도, 내 인생이 맨바닥에서 시작하여 지금에 이르렀기에 순진하거나 순수한 사람들을 감동시킬 소재는 충분하지 않나 싶다. 거기에다 적절하게 예수님의 은혜 어쩌구 저쩌구 하면서 양념을 좀 치면 부흥 집회 레퍼토리로도 딱 좋을 것이다.

그런데 나는 내 안에 그런 욕망이 있다는 사실 자체가 부끄러웠다. 그러면서 누가 내게 물어보진 않았지만, 이쯤해서 나의 있는 모습 그대로 실존적인 모습을 드러내면서 사람들이 나를 가리켜 말하는 '자수성가한 김동문'이 아니라 '인간 김동문에게 역사하신 예수 그리스도'를 드러내고 싶었다. 바라기는, 나에게 역사하신 예수 그리스도께서 이 글을 읽는 독자들에게도 역사하여 주셨으면 참 좋겠다.

심리학, 교육학, 사회복지학 등 인간을 이해하는 이론에 결정론과 사회환경론이라는 양대 산맥이 있다. 결정론 관점에서 보면, 나는 송충이였기에 지금도 송충이로 살거나 밟혀 터져 죽든지 했어야 할 것이다. 그러나 지금은 주변 사람들이 나보고 송충이라고 하는 사람은 아무도 없고, 도리어 나를 성공한 인생 축에 끼는 사람으로 봐주고 있다.

그런 점에서 아마도 나 같은 사람을 보면 사회환경론이 더 합당한 이론이지 않을까 싶다. 물론 내가 지금 여기서 다시 예전 인생으로 돌아가면, 사람들은 '그럼 그렇지, 결정론이 맞아!' 할 것이다. 나는 그런 소리를 듣지 않기를 간절히 소망한다.

내 이름은 공부벌레

공부벌레… 그렇다. 나는 교도소에서 공부벌레라는 소리를 들었다. "그렇게 몸 생각하지 않고 공부하면 대학에 들어가 보지도 못하고 죽는다."는 소리를 들었다. 지금도 틈만 나면 공부를 하고 있으니 공부벌레라는 별명이 틀린 말은 아니다.

나 스스로를 분석할 때, 나는 머리가 별로 좋지 않다. 내가 기억하기에, 나는 초등학교 다닐 때 했던 아이큐 검사에서 100을 가까스로 넘겼던 것 같다. 그러다 보니 남이 한두 번 읽고 이해하거나 외울 수 있는 내용을 나는 여러 번을 읽어야 간신히 이해하거나 외울 수 있었다.

교도소에서 고입검정고시, 대입검정고시에 합격하고 학력고사를 봐서 총신대학교 신학과에 들어가기까지 정말 살인적인 노력을 해야 했었다. 이후에 신학대학원을 진학하였을 때도 또 사회복지학을 공부할 때도 음악치료학 석사, 박사과정을 공부할 때도 나는 정말 가열찬 노력을 넘어 전투적으로 공부를 해야만 겨우겨우 따라갈 수 있었다.

다만 하나님이 내게 주신 은사가 있었으니, 그것은 한번 마음에 감동이 와서 시작하게 되면 포기하지 않고 진득하게 하는 것, 그것이 하나님께서 내게 주신 은사이다. 앞에서 말했듯이, 나는 머리가 비상하지가 않다. 하지만 늘 배우면서 살고 있는데, 그것이 나를 지탱시켜 주고 발전시켜 주는 힘인 것 같다.

그와 더불어, 내가 재판정에서 재판장께 공부할 수 있게 해 달라고 간청을 하고 교도소에서 교도관 바짓가랑이를 붙잡고 공부할 수 있게 해 달라고 간청했을 때, 나의 간청을 받아 주신 재판장이나 교도관, 함께 공부하면서 도움을 주었던 동료들과 '이만하면 충분히 좋은 엄마' 역할을 해 주신 믿음의 어머니 두 분, 하나님은 이분들을 내게 선물로 주셨기에 난 공부벌레가 될 수 있었다고 생각한다.

아, 선생님…

　나의 초등학교 시절 선생님들 중 지금은 어렴풋이 얼굴이 기억만 나는 분들도 계신데, 유독 두 분이 또렷이 기억난다. 한 분은 미운 선생님이고, 다른 한 분은 존경스런 선생님이다. 한 분은 너무나 예쁜 얼굴의 여선생님이었는데, 친구가 가져다 바친 굵은 싸리나무로 만든 매로(내가 생각하기에) 억울한 매를 맞았던 기억이 있다. 지금 생각해 봐도 그 친구는 진짜 재수없는 녀석이다. 자기도 그 매로 맞을 건데 왜 매를 갖다 바치느냐고!

　수업 시간이었던 것 같은데, 이유는 기억나지 않지만 그 친구랑 다투는 바람에 앞에 불려 나가 그 굵은 매로 손바닥을 다섯 대나 맞았다. 내 기억으로는 친구가 먼저 시비를 걸어서 다투었는데, 내가 두 대나 더 맞았다(그것도 친구보다 더 세게). 나는 그게 너무 억울했고, 그래서 지금도 그 선생님은 나에게 미운 선생님으로 기억되고 있다. 그러고 보면 나도 뒤끝이 보통이 아니다.

다른 선생님은 당시 운동부를 맡은 호랑이 선생님에다가 술고래 선생님이셨다. 나는 초등학교 시절, 배구선수도 하고 핸드볼 골키퍼도 했는데, 그때 진짜 기합도 많이 받고 많이 맞기도 했다. 5학년 때로 기억하고 있는데, 그 선생님은 어느 날 아침에 교실에 들어오시더니 칠판에 큼지막하게 '자습'이라고 써 놓으시고는 교탁 위에 두 다리를 올려놓으시고 드르렁드르렁 코를 골면서 주무셨다. 간밤에 마신 술이 덜 깨셨기 때문이다. 요즘은 선생님이 그렇게 하셨다간 큰일나겠지만, 그때는 그랬다. 어쨌건, 그때 그 선생님은 나에게 있어 너무 존경스러웠던 스승님이셨다.

6학년 2학기 때, 중학교 진학 문제를 놓고 개별상담을 하게 되었다. 선생님이 말씀하셨다.

"동무이, 니도 중학교 가야재~?"

나는 말씀드렸다.

"선생님요~ 울 큰아부지가 저보고 기술 배워 돈 벌라고 했심더~. 그래서 저는 중학교 못 갑니더~. 기술 배워 돈 벌어야 합니더~."

나의 말을 들은 선생님이 나를 그윽히 바라보시더니(나는 지금도 그 눈길을 잊지 못한다) 이렇게 말씀하셨었다.

"동무이 니는 공부해야 하는데… 내가 너그 큰아부지께 니 중학교 보내 달라고 말씀드려 주까?"

아마 나는 그때 울먹이면서 이렇게 말씀드렸던 것 같다.

"선생님요~ 나는 마 기술 배워 돈 벌어야 합니더~. 나는 중학교 못 갑니더~."

내가 그렇게 말했던 이유는 그 어린 나이에도 내가 큰아버지 집에 얹혀살면서 짐이 되는 존재라는 인식을 하고 있었기 때문이다. 그래서 학교에서 뭘 가지고 오라고 해도 그것을 사 달라고 말을 못했었다. 그래서 중학교에 진학하고 싶은 마음은 굴뚝같았지만, 공장에 취직을 해서 큰아버지가 지고 계시는 짐을 내려놓게 해 드려야 한다는 생각을 했었기 때문이다.

"동무이, 니는 공부해야 하는데…."라고 하셨던 고 강○○ 선생님의 그 한마디는 내 가슴에 깊이 꽂혔었다. 그래서 철공소 다닐 때도 일이 끝나면 기초영어책을 붙들고 혼자서 알파벳도 외우고 단어도 외우곤 했고, 검정고시 학원에라도 가고 싶어 했었고, 공부할 기회가 주어지지 않는데서 오는 좌절감에 방황을 하면서 어둠의 자식이 되었던 이유가 되기도 했었고, 교도소에 들어가서도 공부벌레가 되고, 오십 중반을 넘은 지금도 공부의 끈을 놓지 않는 배경이 되었던 것이다.

나중에 내가 대학에 들어가고 나서 안 사실이지만, 그 선생님은 그 좋아하셨던 술 때문에 일찌감치 간암으로 돌아가셨단다. 내가 박사과정까지 공부한 사실을 아시면 참 좋아하실 텐데….

아, 하숙집 주인 아주머니의 여동생

1985년 봄부터였던가, 당시 유망직종으로 부상하고 있던 속기사가 되기 위해 속기학원을 다녔었다. 철공소 일이라는 게 일이 없으면 하루 종일 놀지만, 일이 있으면 밤늦게까지 해야 했었다. 그러다 보니 둘 중의 하나를 택해야 했다. 나는 공장을 그만두고 속기 배우는 것을 택했다. 그러나 먹고살아야 하고 학원비도 벌어야 했기에 외판원을 하면서 영등포에 있는 속기학원을 다녔었다.

학원 수강생 중에 내 맘에 쏙 드는 정말 예쁜 여성이 있었다. 나는 그 여성에게 잘 보이려고 더 열심히 공부를 했고, 내 딴엔 멋진 모습을 보이려고 노력을 많이 했다. 그런데 그녀를 좋아하는 사람이 또 있었다. 나는 경상도 산골 출신이라서 얼굴도 촌스럽고 옷 입는 것도 촌스러웠다. 하지만 그 녀석은 서울 토박이면서 생긴 것도 꼭 기생오라비처럼 매끈하게 생겼다. 게다가 말도 얼마나 매끄럽게 잘하는지 경상도 사나이 입장에서는 간지럽다 못해 토가 나올 정도였다.

예를 들어, 내가 우렁우렁한 목소리로 "와이카노?" 하면 그 녀석은 부드러운 음성으로 "왜 그러세요?" 했고, 내가 "밥 묵었는교?" 하면 그 녀석은 "식사하셨어요?"라고 말했다. 경상도에서는 그렇게 말하면 '재수 없다.'라고 한다. 암튼, 그녀는 나의 씩씩함보다는 그 녀석의 나긋나긋함을 택했던 것이다.

나는 괴로운 마음을 가눌 수가 없어서 밤이 늦도록 술을 마셨다. 다음 날 눈을 뜨니 목동 하숙집이 아니라 마포경찰서 유치장이었다. 얼마 뒤 마포경찰서를 거쳐 서대문구치소로 이송되었다. 하숙집 주인아주머니의 여동생이 면회를 왔다. 주인아주머니와 그 여동생은 신앙생활을 열심히 하시는 분이셨고, 나에게도 은근히 신앙생활을 권유했었다.

당시 나는 신앙생활에 전혀 관심이 없었다. 그런데 주인아주머니의 여동생이 면회를 온 것이다. 그 여동생은 매일 아침저녁으로 주인아주머니와 함께 나에게 정성껏 밥상을 차려 주었었다. 그러나 나는 쑥스러워서 말도 잘 붙이지 못했었다. 그 여동생은 면회를 와서 나에게 기도를 해 주었다. 그리고 영치품이 배달되었는데, 과자들과 함께 성경책도 한 권 넣어 주었다.

나중에 편지도 보내 주었다. 누가복음 15장에 나오는 탕자의 비유를 말하면서 예수님을 믿으면 하나님은 탕자도 아들로 받아 주신다고 했고, 시편 23편을 편지지에 직접 써서 주님이 나의 목자가 되어 주신다고 했다.

그로부터 3일 뒤 나는 화장실에서 목을 매 죽으려다가 그 편지 속의 말씀이 생각나서 펑펑 울다가 "하나님… 어쩌고저쩌고…." 하면서 기도 비슷한 것을 하다가 그만 목사가 되겠다고 서원을 해 버렸었다. 그 당시는 목사의 삶이 어떠한지도 모르고 그냥 나도 모르게 그렇게 서원을 하고 말았다(서원이라는 말의 의미도, 그 무게도 그 당시는 알지 못했었다).

아, 이재훈 재판장님!
그리고 간이 배 밖으로 나온 빵잽이의 승부수

교도소 동료들은 망원동의 밤을 공포에 떨게 한 죄질로 봤을 때, 나 같은 개털은 구형을 적게는 10년 많으면 15년을 받을 거라고 했다. 선고는 변호사를 사면 7년, 변호사를 사지 못하면 10년이라고 했다(그들은 경험칙에서 말하기 때문에 대부분 예상대로 된다).

이미 나는 서대문구치소에 있을 때부터 목사가 되기로 서원을 했고, 목사가 되려면 공부를 야무지게 해야 했기에 구치소에 있을 때부터 당시 고려대 수학과 출신 시국사범에게서 특별과외를 받았다. 많은 세월이 흘러 알게 된 사실은, 그는 출소 후에도 노동운동에 헌신하여 살다가 갑작스레 심장마비로 사망하였다고 한다.

나의 재판이 시작되었을 때, 실제로 검사는 "피고인은 장기간 사회와 격리할 필요가 있다."고 하면서 징역 10년형을 구형했었다. 나는 개털이라서 사선 변호인을 선임하지 못하였기에 국선변호인이 선임되었었다. 아무튼, 나는 작정한 바가 있기 때문에 나의 재판을 맡은 재판장에게 "존경하옵는 재판장님 전상서"라는 제목으로 장문의 탄원서를 썼다.

요약하면 이렇다.

"내가 지은 죄를 생각하면 열 번 죽어 마땅하지만 신앙을 가지면서 크게 뉘우치고 있습니다. 수형 생활을 하면서 열심히 공부하여 목사가 되어 나와 같이 어렵고 힘든 사람들을 위한 삶을 살고 싶습니다.

– 중략 –

교도소에서 검정고시 공부를 하고 대학에 들어가려면 4년 정도가 걸릴 것 같으니 내게 4년만 주시옵소서."

하고 간절하게 정말 간절하게 탄원서를 썼었다.

선고일이 되어 호송차를 타고 법원에 가서 재판정에 나가 재판대 앞에 섰을 때, 이재훈 재판장은 정말 나에게 4년형을 주었다. 재판장이 내 이름을 부르셔서 일어섰더니, 재판장은 내가 쓴 탄원서를 다 읽어보았다고 하시면서 "진짜 이 약속을 지킬 수 있겠냐?"고 물으셨다. 나는 비장한 모습으로 꼭 약속을 지키겠다고 하면서 지금도 구치소에서 매일매일 공부하고 있다고 말씀드렸더니, 재판장은 내 말이 사실인지 확인해 보겠다고 하면서 나의 재판을 잠시 중지시키고 법원 직원에게 나의 구치소 생활을 확인하라고 하였다.

얼마 후, 호출이 와서 다시 재판정으로 들어갔더니 재판장은 나의 말이 사실로 확인되었다고 하면서 그 약속을 꼭 지키고, 지키면 당신을 찾아오라고 하면서 내가 달라고 했던 4년형을 주었다. 순간, 재판정이 술렁거렸다. 그때 나는 하나님께서 나의 서원을 받으셨고, 그것을 독실한 불교신자이셨던 재판장을 통해 보여 주셨다고 생각했다(지금도 그렇게 생각한다).

기적… 그래 그것은 내게 있어서 기적이었다. 나의 교도소 동료들도 다 기적이라고 했다. 나는 4년형을 받고 탄원서에서 약속한대로 항소를 포기하였기에 안양교도소로 이송되어 본격적으로 수형 생활을 시작했다.

4.
내 이름은 고독한 올빼미, 올빼미라 불러다오!

낮에는 목공장에서 노역을 하고, 밤에는 동료 재소자들이 잠들었을 때,
동료 재소자들의 책을 가지고 공부했다.

최악의 상황에서 최선을 경험하다

　사람이 넘어지고 세워지는 데는 역시 사람이 있는 것 같다. 또한 사람이 넘어지고 세워지는 데는 사회구조적인 문제도 있고, 가정적인 문제나 개인적인 문제도 있는 것 같다. 중요한 것은 종교건 학문이건 경제건 무엇이건 간에 그것들은 사람을 넘어지게 하는 것이 아니라 사람을 세우는 데 목적과 목표가 있을 것이다.

　나는 처절하게 넘어져 본 경험과 드라마틱하게 세워지는 경험을 현재진행형으로 하고 있는 사람이다. 그 경험 속에서 예전엔 사람이 날 버리고 사회가 날 버리고 하늘이 날 버린 줄 알았으나 신앙을 갖고 헌신하게 된 이후 사람이 날 품어 주고 사회가 날 품어 주고 하늘이 날 품어 주고 있음을 알게 되었다.

　대상관계이론학자인 도널드 위니컷(D. Winicott)은 아이가 건강하게 자랄 수 있으려면 '이만하면 충분히 좋은 엄마(good enough mom)' 경험과 엄마의 부재 시에 엄마를 대신할 '중간 대상(transitional object)'과 '안아 주는 환경(holding environment)'이 필요하다고 했다.

역설적이게도, 나는 처절하게 망가졌을 때 재판장과 교도관, 그리고 교도소를 방문하여 재소자들에게 성경을 가르쳐 주고 검정고시를 위한 공부를 가르쳐 주고 배고픈 나에게 '빵'을 먹여 주셨던 분들이 바로 '이만하면 충분히 좋은 엄마'였었고, 공부 그 자체가 '중간 대상'이었고, 잿빛 담장으로 둘러싸이고 쇠창살이 쳐지고 배고픔의 서러움과 추위의 고통과 극도의 무기력함에 빠져들게 하고 자존감 및 자기효능감이 바닥을 치게 하는 교도소가 '안아 주는 환경'이 되어 주었다. 그래서 넘어졌으나 다시 일어설 수 있었다.

이 나라엔 민주주의를 위한 투쟁으로 감옥에 다녀온 것을 자랑으로 여기고 그런 전과를 훈장으로 여기는 사람들이 많다. 그런데 난 잡범 전과자이다. 그래서 인간적으로는 감추고 싶고, 또 감추고 사는 것이 현명할 수도 있을 것이다. 더구나 앞에서 말했다시피 나는 한창 사회적 욕망이 불처럼 이글이글 타오를 연령대를 살고 있고, 또 지역사회에서 이래저래 알려져 있는 사람이다 보니 가능한 한 나의 이미지에 데미지를 주는 이야기보다는 포장을 해서라도 영웅스러운 혹은 천사스러운 모습을 연출하며 사는 것이 더 나을 수 있을 것이다.

하나님은 나에게 그런 것이 덧없음을 깨닫게 해 주셨다. 내가 높아지고 싶은 욕구가 불타오를 때 나를 낮추고 주님을 높이는 신앙, 나는 그게 너무 멋지다는 생각을 하게 되었다. 나는 그렇게 멋진 신앙인이 되고 싶었다.

사실, 여기까지 나의 이야기를 써 놓고 나서 계속 쓸까 말까 하고 고민을 했었다. "지금까지의 이야기는 왕년에 작가가 되고 싶었던 사람의 픽션이었습니다." 하고 끝내 버릴까 하는 생각도 했었다. 하지만 "나답지 않게 이제와서 뭘 또 그렇게 유치찬란한 짓을 해? 갈 때까지가 보는 거지 뭐. 오빤 빵잽이 스타일~." 이러면서 나의 이야기를 써내려 갔다.

본격적인 개털 빵잡이 인생이 시작되다

　내가 재판장에게 쓴 탄원서는 사실 하나님께 드리는 나의 서원을 담은 기도문이었다. 교도소 동료들은 내가 개털이기 때문에 최소 7년형을 예상했었다. 그러나 검사로부터 10년 구형을 받은 나는 재판장에게 4년형만 달라는 발칙하고도 무모한 요청을 하였고, 재판장은 진짜로 나에게 4년을 선고하였다.

　사실, 난 괘씸죄에 걸려 더 많은 형기를 선고받을 수도 있었을 것이다. 실제로 교도소 동기들은 나보고 미쳤다고 하면서 재판장에게 밉보여 구형보다 많은 형을 선고받을 가능성이 있다고 하였다. 그런데 재판장은 나의 소원을 들어주셨다. 그때 나는 이것을 이렇게 해석했었다. 하나님께서 나의 눈물어린 서원 기도를 재판장을 통해 응답하셨다고!

　나는 탄원서에서 약속한대로 항소를 포기했기 때문에 안양교도소로 이송되었고, 분류심사 과정을 거쳐 목공장에서 노역을 하게 되었다. 분류심사가 무엇인가 하면, 쉽게 말해서 재소자 김동문이 범털 범주에 속하는지 개털 범주에 속하는지를 심사하는 것을 말한다. 분류심사 결과를 토대로 점수가 좋은 재소자들은 몸도 편하고 마음도 편한 노역장으로, 점수가 안 좋은 재소자들은 몸고생 마음고생이 심한 기피 작업장에 배치한다. 분류심사 기준으로 보았을 때 나는 개털 중에 개털일 수밖에 없었기 때문에 목공장에 배치되었다.

범털 재소자들은 가족들이 면회를 와서 넣어 주거나 혹은 소포를 통해 사제 의복이나 생필품을 넣어 주기도 하고 영치금을 넣어 주면 그것으로 영양제나 음식 등을 사 먹을 수도 있고, 또 필요한 물품을 구입해서 사용할 수 있다. 교도소 안도 돈 있는 사람은 다른 사람들보다 훨씬 폼나게 수형 생활을 할 수 있는 것이다. 그런데 나는 그렇게 할 수 없었다. 면회 오는 사람도 없었고 영치금도 없었기 때문이다. 사회에서도 교도소 안에서도 없는 사람은 서러움을 당할 수밖에 없다.

교도관과 샅바싸움을 하다

정 교도관은 안양교도소에서 검도 고수이셨다. 나는 그런 분에게 감히 무작정 샅바싸움을 걸었다. 이미 난 뜻한 바가 있기 때문에 어떻게 하든지 안양교도소 교무과에서 운영하는 검정고시반에 들어가야 했다. 앞에서도 말했듯이, 거기에 들어가려면 범털이어야 했다. 즉, 검정고시 준비를 할 수 있도록 집에서 다양한 지원을 할 수 있거나, 교도소 안에서 싸움이라든가 기타 말썽을 부리지 않거나, 검정고시 보러 밖에 나갔을 때 도망갈 위험성이 없는 재소자여야 했다.

객관적으로, 나는 검정고시반에 들어갈 자격요건을 갖추지 못했다. 나를 뒷바라지해 줄 사람이 없었기 때문이다. 그렇지만 나는 '이래봬도 내가 재판장도 설득을 한 사람인데 담당 교도관도 설득하지 뭐.' 하는 마음으로 상담신청을 했고, 가까스로 상담을 할 수 있었다.

나는 교도관에게 밭다리를 거는 심정으로 검정고시반에 들어가서 공부를 할 수 있게 해 달라고 했다. 내게 돌아온 답은 "너는 자격이 안

돼."였다. 다음엔 안다리를 거는 심정으로 호소를 해 보고 들배지기를 거는 심정으로 호소를 해 봤는데도 교도관은 무표정한 모습으로 자격 요건에 미달되어 안 된다고 하였다. 극심한 좌절감이 밀려왔다.

하지만 나는 이대로 물러날 수 없다 싶어 마지막엔 바짓가랑이를 잡고 눈물을 글썽이면서 반드시 검정고시반에 들어가야만 한다고 말했다. 그제서야 정 교도관은 나를 물끄러미 바라보시더니 나에게 왜 검정고시반으로 들어가고 싶어 하는지를 물었다. 나는 눈물을 뚝뚝 흘리면서 재판장과의 약속과 그 약속의 신앙적 의미 등을 횡설수설하며 말했다. 결국, 교도관은 나를 검정고시반에 넣어 주었다.

나 한 사람을 위해 재판정에서도 전례가 깨어지고, 교도소에서도 전례가 깨어졌다. 이후에도 지금까지 사는 동안 나로 인해 기존의 전례가 깨어지는 일이 몇 차례 발생했는데, 전례가 깨지면 기적이 일어난다는 것이 내 경험칙이다. 시스템화되어 있는 조직은 전례를 깨는 것을 무서워한다. 그건 곧 기적이 일어나는 것을 두려워하는 것과 마찬가지라고 할 수 있다.

물론 기득권을 가진 자들이 더 많이 가질 수 있게 하기 위해 전례를 깬다면 그것은 특혜가 될 것이다. 그러나 사회적 약자 한 사람이 건강하게 설 수 있게 하기 위하여 힘을 가진 자가 자신이 할 수 있는 범위 내에서 전례를 깨고 그 약자를 돕는다면, 분명히 감동의 기적 스토리를 만들 수 있다고 생각한다.

일 년 만에 고입, 대입검정고시에 합격하다!

나는 낮에는 목공장에 나가 노역을 하고 오후 늦게 검정고시반으로 가서 공부를 해야 했다. 교도소는 취침 시간이 상당히 이를 뿐만 아니라, 수월한 감시 감독을 위해 밤새도록 불을 켜놓는다. 하여튼 노역을 마치고 돌아와 공부할 시간이 얼마 되지 않았고, 무엇보다 내가 공부할 책이 없었다. 그래서 잠자리에 들기 전에는 동료들이 보지 않는 책 위주로 공부를 했고, 취침 이후에는 동료들이 잠든 후에 올빼미가 되어 내가 보고 싶은 책을 볼 수 있었다. 당직을 서는 교도관들도 그런 나를 많이 이해해 주었다.

어떤 때는 쭈그리고 앉아 공부하는 모습 그대로 잠이 들기도 했다. 여름엔 더위 때문에 너무 힘들었고, 겨울엔 살을 에는 추위 때문에 너무 힘들었다. 더운데 배고프니까 힘이 더 들었고, 추운데 배가 고프니까 더 서러웠다.

학력고사를 준비할 때였다. 엄청 추웠던 겨울밤에 당직 교도관 한 분이 식구통(식사를 들여보내는 작은 구멍)을 통해 내게 뜨거운 사발면을 하나 주었는데 나는 그때의 감동을 아직도 잊지 못하고 있다. 그 이야기는 나중에 좀 더 하겠다.

1987년 4월 12일, 경기도교육청이 주관한 고입검정고시에 응시하여 평균 구십 몇 점으로 합격하였다. 사실 그때 나는 수석을 목표로 공부했었다. 왜냐하면, 수석으로 합격을 해야 매스컴에도 나고 후원자도 생긴다는 말을 들었기 때문이다. 또 이후에라도 계속 공부하려면 실력과 능력을 교도소 측에 입증해야 했었다. 그래서 정말 열심히 공부를 했었다. 그런데 예전엔 내가 받은 점수로 수석을 한 경우도 있었다고 하는데 난 하지 못했다.

그 당시, 학교를 중도에 포기하고 남보다 일찍 상급학교로 진학하고자 하는 바람이 조금씩 불고 있었다. 내가 고입검정고시를 볼 때도 중1학년까지 다니다가 중퇴를 하고 검정고시를 본 일반 아이가 수석을 한 것으로 기억한다. 그때 그 아이는 지금 어디서 무엇을 하고 있을까? 아마 자기의 꿈을 이루고 잘 살고 있을 것이다.

같은 해 7월 31일엔 대입검정고시를 봐서 합격했다. 분명히 꼴찌로 합격을 했을 것이다. 왜냐하면, 고입검정고시 후 몇 달 지나지 않아 시험을 봐야 했기에 충분히 준비를 할 시간이 없었기 때문이다. 물론 이를 악물고 공부를 하긴 했다. 하지만 공부라는 게 혼자서 이를 악물고 해서 되는 과목이 있고 아무리 이를 악물고 해도 안 되는 과목이 있었다.

'소가 뒷걸음질치다가 쥐를 잡게 된다.'는 옛 속담이 있는데, 나는 어찌어찌하다 보니 고입검정고시 합격 후 네 달도 채 되지 않아 대입검정고시도 합격하고 말았다. 일반 아이들이 6년 걸려 하는 공부를 나는 불과 일 년 만에 끝낸 것이다.

사람들은 일 년이라는 세월이 너무 짧다고 말하지만, 교도소에서의 일 년이라는 시간은 매우 긴 시간이라서 많은 것을 이룰 수 있었다. 암튼 내가 일 년 만에 고입과 대입검정고시를 끝내다 보니 교도소 측에서도 나를 다시 보기 시작했다. 담당 교도관도 나에게 신뢰를 보내 주면서 할 수 있는 대로 내가 공부할 수 있는 여건을 만들어 주기 위해 노력해 주었다.

입시생이 된 올빼미, 그리고 대학생이 되다

우리나라에서 올림픽이 열렸던 1988년, 나는 그해에 학력고사를 위해 올인했었다. 안양교도소 측도 학력고사반 재소자들을 위해 노역을 시키지 않고 오로지 공부만 할 수 있게 해 주었다. 그해, 난 아마도 하루에 15~17시간은 공부했을 것이다. 밥 먹을 때도 설거지를 할 때도 영어 단어를 외웠고, 운동시간에도 걸으면서 영어 단어를 외웠다.

문제는 한여름이었다. 영양상태도 안 좋은데다가 날씨가 더우니 체력이 급격하게 떨어졌다. 가만히 앉아 있기만 해도 옆으로 픽픽 쓰러졌다. 동료들이 종합비타민 등의 영양제를 사 먹고 고기를 사 먹으면서 공부할 때도 나는 먹지 못했다. 다만, 동료들이 닭 파우치라든가 간식을 사 먹을 때에 옆에서 좀 얻어먹기는 했다. 참 고마웠다.

그래도 공부하는 것이 너무 좋았다. 그렇게 죽기 아니면 까무러치기 식으로 공부에 매달리는 나를 보면서 동료들이 이렇게 말했다.

"너 그렇게 몸 생각 안 하고 공부하면 대학 문턱도 못 밟고 죽는다."

난 솔직히 공부하다가 죽어도 좋다고 생각했다. 기도할 때도 그렇게 기도했다.

단체 생활을 하다 보니 소리 내어 기도는 하지 못하고 잠잘 때 이불을 뒤집어쓰고 이렇게 기도했었다.

"주님, 동료들이 저보고 그렇게 공부하다간 대학교도 못 가 보고, 목사도 못 되어 보고 죽는다고 하는데요. 주님, 저는 공부하다가 죽어도 좋습니다. 어쩌고저쩌고…."

나중에 동료들이 한 말에 따르면 내가 자면서 잠꼬대를 할 때도 기도를 하더란다. 그래, 그때 나는 그만큼 절실했었다.

드디어 입시의 계절이 되었다. 나는 연세대학교 신학과에 응시했다. 모의고사를 보면 연세대학교 신학과에 턱걸이로 합격할 정도의 점수가 나왔었다. 지금 생각하면 그저 웃음밖에 안 나오는데, 그때 내게 있었던 절박함은 명문대학교에 합격하거나 신학대학을 수석으로 들어가는 것이었다.

앞에서도 언급했듯이 나처럼 가난한 재소자가 돈이 많이 드는 대학 공부를 하려면 누군가로부터 후원을 받아야 하고, 그러기 위해서라도 소위 명문대학교를 가든지, 아니면 신학대학교를 가더라도 성적을 잘 받아야 한다고 생각했었다.

나 스스로를 생각할 때, 나는 공부할 머리는 아니다. 이해력도 부족하고 암기력도 부족하다는 것을 스스로도 잘 알았다. 그렇지만, 나에게는 한번 시작한 것은 꾸준히 하는 인내심과 열정이 있었다. 그래서 목표를 높이 잡다 보니 나는 공부하는 데 불굴의 투지를 불사를 수 있었다. 정말 그때는 목숨을 걸고 공부했었다.

교도소 호송차를 타고 연세대학교에 가서 시험을 치르고 면접도 봤다. 나중에 안 사실이지만, 당시 나의 면접 교수는 우리나라 구약학계의 거장이셨던 박준서 교수셨다. 나의 처지를 미리 아시고 계셨던 교수는 내가 교수실로 들어가자 온화한 미소를 머금은 얼굴로 나를 보시더니 "참 귀한 사람이네. 어떻게 성경을 그렇게 잘 아노?"라고 하셨었다. 그러나 내가 실력이 모자랐는지 최종적으로 합격하지 못했다. 그다음으로 내가 지원한 대학은 당시 후기였던 총신대학교 신학과였다.

참고로, 안양교도소에서 나와 동료들에게 성경공부를 시켜 주시고 학과목 공부를 가르쳐 주셨던 김영숙 전도사(한국가정문화원 원장)는 나를 위해 고3 입시생이었던 당신 따님의 모의고사 자료들을 가져다 주셨는데, 그것이 내가 대학입시를 준비하는데 큰 도움이 되었었다. 그분은 나에게 있어서 '이만하면 충분히 좋은 엄마' 역할을 해 주신 두 분 중 한 분이셨다.

내가 입시 준비를 할 때, 우리 방의 방장이 소위 범털로 불리는 경제사범이었다. 그분은 내가 죽자 살자 공부하니까 나를 귀하게 여겨 영어책을 세트로 사 주셨다. 그래서 난 기본영어, 종합영어, 독해로 구성된 그 책을 각각 세 번씩이나 보면서 치열하게 공부했다. 당시 나는 국어와 영어 점수가 가장 잘 나왔다. 수학은 '나가라 나가라 다 나가라'식으로 100% 다 찍어야 했고, 국어와 영어는 내가 일일이 다 풀었다.

그때 기를 쓰고 영어공부를 했던 것이 신학교에 들어가서 원서를 읽을 때도 많은 도움이 되었고, 신학대학원 재학 중에는 고 정훈택 교수의 도움으로 I. H. Marshall 박사의 「Biblical Inspiration」이라는 책을 「성경의 영감」이라는 제목으로 번역서를 내어 신약신학 부교재로 사용되기까지 했었다.

다시 김영숙 원장 이야기로 돌아가서, 이분은 내가 연세대학교 신학과를 지원한다고 했을 때 당신은 내가 떨어지기를 위해 기도한다고 하셨다. 그러면서 총신대 신학과에 지원하면 금식기도를 해 주겠다고 하셨다. 그 이유는 연세대 신학과가 나빠서가 아니라, 당시 시대가 시대인 만큼 내가 데모 대열에 휩쓸릴 것을 염려하셨기 때문이었다.

또 총신대학교 신학과는 한국 교회에서 보수 신학의 명문으로 인정받고 있었고, 그래서 당시 국내 신학교 중 커트라인이 가장 높았었고 경쟁률도 높아 재수 삼수하는 학생들도 꽤 있었다. 김영숙 원장께서 내가 총신대 신학과로 진학하기를 원하셨던 이유는 나처럼 신앙적 바탕이 부족한 사람은 총신대 신학과를 가야 제대로 신학 공부를 하고 제대로 목사 훈련을 받을 수 있을 것으로 생각하셨기 때문이었다.

암튼, 나는 연세대학교 신학과에서 떨어진 후 다시 절치부심하는 심정으로 후기 시험을 준비하였다. 후기 시험일이 다가왔다. 나는 교도소에서 모범수들이 입는 누런 잠바를 입고 수갑을 찬 채로 검은 짚차를 타고 총신대에 시험을 보러 갔다(시험 중에는 수갑을 풀어 주었다). 필기시험 후에는 당시 총신대에서 깐깐하기로 소문이 나 있으시던 교수에게 면접시험을 봤었다.

면접 교수는 내 처지를 아시고는 당신도 지인이 사업하다가 교도소에 수감되었을 때 면회를 종종 갔었기 때문에 교도소 생활을 잘 안다고 하시면서 당시 돈으로 내게 이만 원을 주셨다(나중에 교도관에게 돈을 보여 주니 교도관은 내 영치금으로 넣어 주셨고, 난 그 돈으로 성경책도 사고 닭 파우치도 사 먹었던 것 같다).

나는 교도소 복귀 후 초조한 마음으로 입시결과 발표를 기다렸다. 드디어 발표 날이 되었다. 사동(재소자들이 수형 생활을 하는 건물) 복도에서 구두 발자국 소리가 들렸다. 나는 직감적으로 그 발자국 소리의 주인공이 교무과 정 교도관인 줄 알았다. 나의 예상은 빗나가지 않았다. 정 교도관은 "김동문!" 하고 내 이름을 부르시더니 그윽한 눈길로 나를 바라보셨다. 그리고 "합격!"이라고 하시면서 축하를 해 주셨다. 동료들은 "와~." 하고 함성을 지르며 기뻐하는데, 정작 나는 그냥 뜨거운 눈물만 하염없이 하염없이 흘렸다.

지나간 세월이 주마등처럼 흘러갔다. 시골에서 초등학교만 졸업하고 돈을 벌려고 공장에 취직하기 위해 사촌누나의 손에 이끌려 버스에 오르던 순간들과 대구의 한 철공소에서 일하면서 내 또래 중학생들과 얼굴을 마주치기 싫어 돌아앉고 그들이 지나가면 그들의 뒷모습을 보면서 부러워했던 모습들이 스쳐지나갔다. 또 이재훈 재판장과 김영숙 전도사를 비롯해서 나를 믿어 주고 물심양면으로 도와주었던 분들의 얼굴이 떠올랐다. 그러면서 나는 꺼이꺼이 목놓아 울었다. 기쁘기도 했고 감사하기도 했지만 왠지 모르게 설움이 복받쳐 올랐기 때문이다.

그해에 안양교도소에서 4년제 대학에 합격한 재소자는 나뿐이었다. 정작 내가 공부했던 각종 참고서 주인들인 범털 동료들은 4년제 대학에 떨어지고 개털이어서 참고서를 빌려 보아야 했던 나만 합격했다. 그들도 사람들이 참 좋았는데, 그들은 나만큼 절박하지 않았던 것 같다. 그래서 그들은 공부하는데 목숨을 안 걸었고, 난 목숨을 걸었었다. 이제 다시 그들을 만난다면 난 그들에게 밥을 사 줄 수 있는데….

아, 교도관이 건네 준 뜨거운 사발면 하나!

총신대 시험을 얼마쯤 남겨 두었을 무렵의 어느 날 밤, 추워도 너무 추운 겨울밤이었다. 난방이 되지 않는 감방이다 보니 진짜 추웠다. 모두가 잠든 깊은 밤, 나는 홀로 쭈그리고 앉아 공부하고 있는데, 누가 복도로 나 있는 비닐창문을 치는 소리가 툭툭 하고 들렸다. 고개를 들어 보니 야근 당직 교도관이 식구통을 가리키셨다. 작은 식구통에는 김이 모락모락 나는 사발면이 하나 놓여 있었다. 나는 눈이 휘둥그레져서 교도관을 보니 작은 목소리로 날씨가 추우니 먹고 공부하라고 하는 것이 아닌가.

순간 내 안에서 격한 감정이 밀려왔다. 괴테는 '눈물 젖은 빵을 먹어 보지 않은 사람은 인생의 참다운 의미를 모른다.'고 했는데, 나는 이렇게 말하고 싶다. '눈물 맛이 배인 뜨거운 사발면이 내겐 보약 중의 보약이었다.'고. 난 정말 격한 감정으로 어깨를 들먹이며 사발면을 먹었다. 그리고 합격했다!

지금도 나는 사발면을 참 좋아하고, 사발면을 먹을 때마다 그 교도관을 생각하게 된다. 그분은 내가 대학 합격 후 가석방으로 출소를 할 때도 야간 당직이셨는데, 나에게 이렇게 말씀하셨었다.

"나가면 이곳을 생각하지도 말고 쳐다보지도 마라. 이 안에서 니가 얼마나 열심히 노력했는지 내가 늘 보아 왔기에 사회에 나가서도 열심히 살 것을 믿는다."

그러면서 내 어깨를 툭툭 쳐 주셨다.

사람은 가정이나 교회에서나 사회에서 천국을 경험할 수도 있고 지옥을 경험할 수도 있다. 같은 논리로, 사람은 교도소에서도 천국을 경험할 수도 있고 지옥을 경험할 수 있다. 내 주 예수님을 내 맘에 모시고, 그 예수님이 주신 꿈을 꾸고, 그 꿈을 향해 달려가는 사람은 그 있는 곳이 바로 천국이 된다.

그런 점에서 적어도 나에겐 교도소가 지옥이 아니라 천국이었다. 내가 죄인이었으나 예수님을 믿고 하나님을 아버지라고 불렀을 때, 나를 심리적으로 무척 힘들게 했던 애비 에미 없는 자식이라는 열등감을 떨쳐 버리고 '나는 하나님의 아들이다.'라는 신앙에서 나오는 자존감을 가질 수 있었다.

또한, 내가 예수님이 주시는 꿈을 꾸기 시작했을 때, 주변 사람들이 나에게 '이만하면 좋은 엄마'가 되어 주었다. 남의 책을 눈동냥해서 하게 된 공부라 할지라도 그 공부가 나의 '중간 대상'이 되어 주었다. 하물며, 서럽고 고통스런 교도소조차 나에게 '안아 주는 환경'이 되어 주었다. 이것이 다 하나님의 은혜인 것을!

5.
내 이름은 어리버리 신학생,
그러나 베스트 드레서!

신학교 시절, 의류매장을 운영하시던 집사님이 철따라 옷을 공급해 주셔서
어반 스타일의 신학생이 되었었다.

생각대로 팅~!

생각대로 팅~! 이건 오래전 모 통신회사의 광고 카피이다. 신앙을 갖고 난 이후의 나의 삶은 문자 그대로 '생각대로 팅'이었다고 할 수 있다. 나는 소위 영빨이라고 불리는 영성이 부족한 목사라서 금식기도도 하지 못하고 방언도 못하고 그저 조근조근 대화하듯이 기도하는 것에 익숙하다. 그런데 주님은 내가 생각하고 기도하는 것마다 다 이루어 주셨다.

사실 처음에는 주님이 더 이상 날 사랑하지 않으시는 것 같아서 우울증에 걸릴 지경이었다. 남들이 볼 때는 늘 씩씩하게 혹은 은혜 충만하게 사는 것처럼 보였을 수도 있겠지만, 남몰래 울거나 의기소침해질 때가 참 많았다. 그런데 어느 날 뒤돌아보니 내가 원하는 때와 내가 원하는 방법이 아니라 하나님께서 하나님의 때와 하나님의 방법으로 내가 생각하고 기도했던 것들을 다 이루어 주셨음을 깨닫게 되었다.

내가 이것을 달라고 하였을 때 주님은 이것이 아닌 저것을 주셨는데,

결과적으로 그것은 내게 있어서 '최고의 것', '최적의 것'이었다. 또한 주님은 내가 원하지 않았던 복도 주시고 그 복을 누리는 복도 주셨다. 진짜 '생각대로 팅' 그 자체였다고 할 수 있다.

그 와중에 내가 깨달은 것이 있다. '생각을 하더라도 하나님께서 기뻐하실 만한 생각을 하고 일을 하더라도 하나님 기뻐하실 만한 일을 하면, 하나님은 안 되는 일도 되게 하시고 없는 것도 있게 하시고 무능한 사람도 능력 있게 하시고 할 수 없는 일도 할 수 있게 하신다는 것이다. 이런 체험은 나로 하여금 무소의 뿔처럼 혼자서 뚜벅뚜벅 걸어갈 수 있게 하는 힘의 원천이 되었다.

나의 아킬레스건

요즘 시대는 '개천에 용 난다.'는 말을 하는 사람들은 거의 없고, 수저 타령을 하는 사람들은 많은 것 같다. 그 이유는 부와 가난의 대물림이 너무 심화되어 있고, 신분 상승의 기회가 거의 원천적으로 닫혀 있다고 생각하기 때문일 것이다.

나는 구시대적으로 말하면 개천의 미꾸라지였고, 현대적으로 말하면 무수저의 대표주자였다고 할 수 있다. 그런 내가 용과 금수저는 되지 못했지만, 그래도 최소한 내 앞가림도 하고, 또 적지만 국내외 선교와 봉사를 위해 후원도 하면서 살 수 있기에 이젠 최소한 은수저는 되었다고 할 수 있지 않을까 싶다.

현재 나는 감사하게도 여러 면에서 누리는 게 참 많고, 그 누림의 축복을 나만의 것으로 여기지 않고 미약하나마 지역사회와 해외 선교 현장을 섬기고 있다. 남양주시의 사회복지와 문화를 발전시키는데 열정을 불살랐었고, 교회와 지역사회를 벗어나 약하고 상하고 아픈 이들이 있는 곳에 가서 그들을 품어 주었다.

저 멀리 필리핀과 캄보디아와 아프리카 우간다에도 하나님께서 나에게 주신 은사들을 십분 활용하여 섬김의 씨앗을 뿌렸다. 특히, 아프리카 우간다의 쉬마 지역에 내가 운영하고 있는 노인주간보호센터 운영 노하우를 전수해 주었는데, 이로 인해 현재 우간다에 신앙과 노인복지를 접목한 데이케어센터가 설립되어 활발하게 운영되고 있어 참으로 감사하다. 일반 사람들은 잘 모르겠지만, 개척교회가 자립하는 교회를 넘어 지원하는 교회가 되는 사례는 정말 드물다. 그런 점에서 나와 우리 교회는 '성공 사례'에 들 수 있지 않나 싶다.

그런데 나에게 아킬레스건이 있었으니 바로 내가 빵잽이였다는 것이다. 그동안 누가 나의 과거에 대해 물어본 일도 없었고, 삼십 수년 전의 일이기 때문에 그저 망각의 강으로 흘려보내 버려도 될 과거지사였지만, 나는 내가 빵잽이였다는 사실을 한시도 잊어버린 적이 없다. 그것은 내 스스로 나의 욕망을 제어하는 방편이 되기도 했고, 나를 늘 채찍질하며 어제보다 조금이라도 더 진보한 내가 되기 위한 자극을 주는 콤플렉스이기도 했다.

내가 민주화를 위해 독재자 혹은 독재정권과 싸우느라 전과자가 되었다면 그것은 자랑할 만한 일이겠지만, 일반 잡범 전과자였다는 것은 결코 자랑이 될 수 없다. 그런 이유로 많은 사람들은 자신의 그런 과거를 부끄러워하고 행여 남에게 알려질까 봐 꼭꼭 숨기려고 한다. 그것은 아직도 우리 사회에는 전과자에 대한 편견이 존재하고, 그로 인해 불이

익을 당하는 경우가 많기 때문이다.

종종 무슨 사건이 날 때마다 혹은 선출직을 뽑을 때마다 언론들은 호들갑을 떨면서 해당 인물의 전과를 화제에 올려놓고는 '과거가 저 모양이니까 앞으로도 그 모양일 거야!'식으로 판단하고 평가한다. 이전 글에서 말했지만 인간을 이해하는 두 축, 즉 결정론과 사회환경론이 있는데, 사회는 여전히 중요한 순간에 결정론적 판단을 하는 것 같다.

암튼 전과자가 어쩌고저쩌고 하는 뉴스들이 나오면 나도 모르게 긴장을 하게 되면서 한편으로는 '어쩌라고?' 하는 억한 마음도 생기고, 다른 한편으로는 '이렇게 열심히 노력하며 사는 사람도 있잖아. 과거 실수 때문에 오히려 현재를 더 열심히 살아가는 사람도 있잖아!' 이렇게 항변하고 싶기도 했다.

나는 한 교회의 담임목사일 뿐만 아니라 지역복지인으로서 지역사회에서 사회복지 분야의 리더로 많은 활동을 했었다. 그러다 보니 자연스럽게 많은 사람들에게 노출이 되고, 또 나름대로 있는 열심, 없는 열심 다 내어 가면서 지역사회를 섬기다 보니 내가 마치 정치에 대한 야망이 있는 것으로 생각하는 사람들이 더러 있었다. 선거철이 되면 "이번에 나오실 거죠?"라고 물어보는 사람들도 있었다.

이실직고하면, '내가 정치판에 뛰어들까? 어느 당에 들어갈까?' 하고 고민했던 적도 있었다. 그 이유는 내가 주제 파악을 못하고 권력을 탐해서가 아니라, 정치적인 힘을 갖게 되었을 때 할 수 있는 일이 많은 것 같았기 때문이다. 실제로 그것을 눈으로 목격하다 보니 내가 정치적인 힘을 얻으면 사회의 이러저러한 모순을 이렇게 저렇게 바로잡을 수 있을 텐데 하면서 자연스레 정치에 관심을 갖게 되기도 했었다. 그러나 그때마다 내 속의 내가 '잡범 전과자 주제에 정치는 무슨 정치? 넌 평생 속죄하는 마음으로 아프고 상하고 약한 이들을 섬기는 목사로 사회복지사로 음악치료사로 살아야 해'. 하고 말했었다.

어디 나만 그러하겠는가마는, 나에게도 다분히 정치적인 면이 많이 있다. 그러나 나는 나 자신의 아킬레스건을 늘 상기하면서 정치적인 욕망을 누르며 살았다. 그러면서도 권력자에게 빌붙어 뭘 하나라도 더 얻을 수 있을까 하기보다는 지역주민의 입장에서 입바른 소리를 하기도 했었다. 그래 놓고는 괜히 속으로 해코지를 당하지는 않을까 하고 속앓이를 하기도 했었다.

이제 내 스스로 일종의 커밍아웃을 함으로써 내게 더 큰 숙제가 주어졌다. 내가 어디서 무엇을 하건 간에 내가 눈을 감을 때까지 하나님을 기쁘시게 하고 사람들에게 기쁨을 주는 삶을 살아 내야 할 숙제가 주어졌다.

외람된 말이지만, 철없던 시절에는 무조건 큰 교회 큰 목회를 하는 것이 성공인 줄 알았다. 지금은 생각이 많이 바뀌었다. 하나님으로부터 받은 자기의 사명을 끝까지 잘 감당하는 사람이 성공자라고 생각한다. 그러하기에 나의 아킬레스건을 나 스스로 드러냄으로써 지금까지 내가 살아오면서 불살랐던 열정의 뜨거운 불을 다시 지펴야 한다. 그래야 신앙 인생 후반전을 잘 마무리할 수 있을 것이라고 생각한다.

나는 하나님 말씀 때문에 개차반 같은 인생이 그래도 조금은 폼나는 인생으로 바뀐 케이스이다. 나는 정말 하나님의 말씀을 붙들고 과거의 불행의 사슬을 끊어 버리기 위해 몸부림을 쳐 왔다. 이제는 신약성경 고린도전서 10장 12절 "그런즉 선 줄로 생각하는 자는 넘어질까 조심하라"는 말씀을 늘 가슴속에 품고 있다.

내가 유종의 미를 거두려면 죽을 때까지 이 말씀을 붙들어야 할 것이다. 세상에 대하여는 기죽지 않고 담대하되, 하나님께 대하여는 항상 다소곳한 마음가짐을 가지고 살면서 하나님의 미라클 메이커(miracle maker)가 되도록 노력해야 할 것이다.

어리버리 신학생, 그러나 베스트 드레서!

교정정책 중에 가석방 제도가 있다는 것은 웬만한 사람들은 다 알고 있을 것이다. 그러나 가석방 혜택은 모든 재소자가 받을 수 있는 것이 아니다. 나와 같은 개털 빵잽이에게 있어서 가석방은 꿈같은 일이다. 그런데 내게 꿈같은 일이 일어났다. 안양교도소에서 고입, 대입검정고시에 합격하고 대학까지 합격하다 보니 법무부에서는 잔여 형기가 10개월 넘게 남았음에도 불구하고 대학 입학을 위해 2월 말경 가석방을 시켜 주었던 것이다.

검사는 내게 10년을 구형했지만 재판장은 나의 요청을 받아들여 4년의 형기를 선고해 주었는데, 4년의 형기가 다시 3년으로 줄어든 것이다. 4년형을 받은 개털 잡범 빵잽이가 3년 정도만 살고 가석방된다는 것은 사실 거의 불가능하다.

지금까지는 그래도 목격자 혹은 증인이 없기에 글을 써내려 가는 데 있어서 큰 부담이 없었는데, 이제부터는 많은 부담이 된다. 왜냐하면,

나의 신학교 동기들 대부분이 두 눈 시퍼렇게 뜨고 살아 있어 각자의 현장에 열심히 살고 있기 때문이고, 또 동기들끼리 종종 만나기도 하기 때문이다. 뿐만 아니라 나의 스승들도 살아 계시는 분들이 많고, 또 가까이 계셔서 나의 목회 및 살아오는 모습들을 지켜보고 계시는 분들이 많기 때문이다. 그래서 소설을 쓸래야 쓸 수가 없다.

1989년 3월 2일, 총신대학교 신관 5층 대강당에서 89학번 입학식이 열렸다. 안양교도소에서 출소한 지 3일 만에 학교 입학식에 참석했다. 그때 내 모습은 진짜 어리버리 컨츄리 꼬꼬 같은 모습이었을 것이다. 그날 나는 가슴 깊은 곳에서 차오르는 감동을 느꼈다.

내가 감동을 받았던 것은 다름 아닌 찬양이었다. 신학생들은 다들 교회에서 한가닥 하는 학생들이다 보니 회중찬송을 부르는데 자동으로 4부 합창이 되었다. 나는 아직도 여전히 뽕짝이나 디스코풍 노래에 익숙해 있는데 강당에 울려 퍼지던 찬송가 소리가 얼마나 아름답든지 마치 천사들의 노래처럼 들렸다. 이때 나는 벅찬 감동을 받았을 뿐만 아니라 열등감도 생겼다. 나는 그때의 감동과 열등감에 자극을 받아 나중에 클라리넷을 배우게 되는 계기가 되었다.

난 스물여섯 살에 총신대학교 신학과 89학번으로 늦깎이 대학생활을 시작하였다. 나보다 어린 동기들은 나를 예비역 형님으로 불렀다. 그런데 내가 연령상으론 형님이었지만, 그들은 신앙적으로나 지식적으로나 생활면에서나 모든 면에서 형 같은 아우들이었다. 어쩌면 그렇게도 기도를 유창하게 잘하는지, 어쩌면 그렇게도 성경을 많이 알고 있는지,

어쩌면 그렇게도 찬양을 잘 하는지, 나는 동기들이 너무나 부러웠다. 나는 나와 같은 예비역들이나 아우들의 그런 모습 때문에 주눅이 얼마나 많이 들었는지 모른다. 그렇지만 겉으로는 어린 동기들에게 주눅든 모습을 안 보이려고 노력을 많이 했다.

학교를 다닐 동안 아우 동기들은 나를 "형님!" 하면서 참 잘 따라 주었는데, 나는 아우들을 잘 챙겨 주지 못했다. 내 코가 석 자였기 때문이다. 나의 염려는 내가 과연 동기들을 잘 따라갈 수 있을까, 따라가기 힘들어서 케 세라 세라 하면서 다시 주저앉아 버리지 않을까 하는 것이었다. 실제로 수업을 따라가기가 많이 힘들었다. 하지만 아우들에게는 속내를 보이지 않고 억지로 으젓한 모습을 보여 주려고 애를 많이 썼다.

장가를 가고 싶었다. 정말 간절히 장가를 가고 싶었다. 그렇지만 '내 주제가 이런데 장가갈 수 있을까?' 하는 자격지심이 생기기도 했다. 대학 2학년 때인가 같은 예비역 동기가 장가를 갔다. 너무 부러웠다. 그래서 더욱 장가를 가고 싶어서 신관 5층 강당에 올라가 "주여~ 나도 장가를 가게 해 주시옵소서~!" 하고 기도를 했다.

기도만 하지 않고 두 눈을 부릅뜨고 나의 그녀를 찾기 시작했다. 그때부터 나는 캠퍼스를 오가면서 자매들을 만날 때마다 속으로 주님께 물었다. '주여, 저 자매니이까?' 가만히 보니 나만 그런 것이 아니라 장가 못 간 예비역들은 다 그러는 것 같았다.

나는 응답받았다는 확신을 갖고 프로포즈했는데, "흥~ 난 아니거든요!" 하고 매몰찬 거절을 당하기도 했다. 아~ 그 가슴 저미는 고통… 그 고통도 여러 번 느껴야 했다. 하나님은 대학 졸업을 할 때까지도 나의 결혼에 대해 침묵하시더니 신학대학원 졸업을 앞둔 몇 달 전까지도 침묵하셨다. 다른 동기들은 거의 다 결혼을 했는데….

내가 대학과 신대원을 다닐 동안 교수들이나 동기들 중에 내가 부르주아 목사나 장로를 아버지로 둔 신학생으로 아는 사람들이 많았다. 그도 그럴 것이 등록금을 못 내어 전전긍긍하거나 기숙사 식당 밥값이 없어서 굶거나 교재를 못 사서 공부를 하지 못하는 일이 없었다. 오히려 베스트 드레서라는 소리를 들을 정도로 옷을 잘 입었다. 대학 2학년 때부터 모 회사의 워드프로세서를 사용하여 레포트를 제출할 정도로 얼리어답터 학생이었다.

비록 삑사리 대왕이었지만 고상하게 클라리넷을 배워 연주하기도 했고, 대학 2학년 때부터는 강남의 부자들이 모이는 교회에서 교육전도사를 하며 가끔 권사들이나 집사들이 이것저것 먹을 것들을 챙겨 주면 기숙사로 가져와서 동료 학생들과 함께 나눠 먹기도 했기 때문이다.

상처입은 영혼, 김동문의 천사들

이재훈 판사

다시 나의 재판을 맡았던 이재훈 재판장의 이야기를 해야겠다. 이재훈 재판장은 재판 중에 나의 '발칙한 요청'을 받아 주시면서 내가 진짜 약속을 지키면 당신을 찾아오라고 하셨었다. 그래서 나는 총신대학교 신학과에 입학을 하고 그다음 주쯤인가 찾아갔었던 것 같다.

그러나 이재훈 재판장은 마침 외국 출장 중이어서 직접 뵙지를 못했는데, 외국에서 직원의 보고를 받고는 직원을 학교로 보내셨다. 직원분은 "판사님이 학생 학교 다니는데 불편한 점이 없는지를 알아보고 적극적으로 도우라고 하셨습니다. … 귀국하면 꼭 만나고 싶다고 하셨습니다."라고 하였다.

나중에 연락이 와서 방문을 드렸더니 이재훈 재판장은 나를 보시자마자 안아 주시면서 너무나 기뻐하셨다. 이후에 그분은 나에게 장학금도 주셨고, 성남지방법원 지원장을 하신 후 변호사 사무소를 개업하셨을 때는 나에게 사무실에 와서 아르바이트를 하게 해 주시기도 하셨다. 또한 법원 재직 시절의 경험을 펴낸 책 「바지 벗은 판사」에선 나의 재판 사례를 언급하면서 자신의 수십 년 판사 생활 중 몇 안 되는 가장 성공적이고 보람 있는 판결 사례 중 하나로 소개하기도 하셨다.

김영숙 원장

내가 처음 안양교도소 검정고시반에서 김영숙 원장을 만났을 때는 반포에 있는 어느 교회 전도사이셨는데, 현재는 남편이신 두상달 장로와 함께 가정문화원 원장으로 사역하고 계시다는 것을 최근에 알게 되었다.

이분은 당시 안양교도소 검정고시반 재소자들에게 학과목과 성경공부를 가르쳐 주셨다. 내가 학력고사를 준비할 때는 역시 입시생이었던 따님의 모의고사 문제집을 가져다 주셔서 입시 준비하던 내게 큰 도움이 되어 주셨다. 내가 대학생활을 시작하였을 때도 행여 내가 적응 못하고 도중하차할까 봐 자상한 사랑을 베풀어 주셨다.

세월이 흘러 내가 결혼을 하게 되었을 때, 김영숙 원장은 나의 신부의 예물을 해 주시겠다고 하시면서 내가 결혼할 걸 대비해서 매월 약간씩 저축을 하셨단다. 그래서 진짜로 나의 신부가 될 자매에게 다이아반지, 목걸이, 귀걸이, 시계를 예물로 해 주셨다. 그러면서 "나중에 목회를 하다 보면 재정이 부족할 때도 있을 텐데, 그땐 예물이라도 팔면 도움이 될 거야."라고 말씀하셨다.

우리 부부는 신대원을 졸업한 이듬해 교회를 개척했는데, 개척을 해보니 정말 재정이 많이 필요했다. 그래서 버티고 버티다가 할 수 없이 아내의 예물을 처분했었는데 그것으로 최소 한 달 이상은 연명했던 것 같다.

김수경 권사

김수경 권사는 새문안교회 권사이셨다. 내가 그분을 처음 만날 당시는 총신대학교 신학과에 합격하고 나서 등록금 때문에 잠 못 이루고 있을 무렵이었다. 사실 난 출소를 한다고 하더라도 경제력이 전혀 없었다. 전과자들의 재범률이 높은 이유는 출소 이후의 생활 대책이 없기 때문일 것이다. 그런 점에서 출소 이후에 나를 돌봐 주는 손길이 없었다면, 난 더 심각한 범죄를 저질렀을 수도 있다.

내가 대학에 합격해 놓고도 등록금 때문에 잠 못 이루고 있을 때, 안양교도소 교무과의 주선으로 김수경 권사를 만나게 되었다. 당신은 새문안교회 성도들과 함께 매월 1회씩 안양교도소에 위문을 오셨었는데, 교도소 측으로부터 나의 딱한 사정과 나의 가능성을 들으시고는 당신이 한번 키워 보시겠다고 결심을 하셨다는 것이다.

김수경 권사는 나의 대학 등록금 문제와 기숙사비 등을 해결해 주셨다. 당신이 무슨 돈이 많으셨기 때문이 아니라, 이 사람 저 사람들에게

십시일반 지원을 받아 나의 등록금과 기숙사비를 마련해 주셨던 것이다. 대학 4년의 등록금을 그렇게 마련해 주셨다.

대학 2학년 겨울방학 때인 것으로 기억하는데, 난 겉으로 보기에는 멀쩡하였지만 속으로 많이 쇠약해져 있었다. 그걸 아신 당신은 나를 당신 집으로 오게 하셔서 군에 입대한 아들 방에서 지내게 하시며 아침저녁으로 밥을 지어 먹여 주시고 보신용 한약을 지어 주셨다. 나는 그때 처음으로 한약이라는 것을 먹어 보았다.

김수경 권사는 그렇게 어머니의 마음으로 나를 거두어 주셨고, 그 이후에도 계속 나를 믿음의 아들로 여기셔서 각별한 사랑으로 돌봐 주셨다. 내가 결혼을 할 때도 당신의 아들 결혼식으로 여기셔서 새문안교회에서 결혼식을 하게 해 주셨다.

내가 불타오르는 열정으로 신대원을 졸업한 이듬해 남양주에 교회를 개척하였을 때도 한동안 도움을 주셨다. 교회 개척 후 5년이 지나 지금의 자리에 교회를 건축하였을 때도 많은 도움을 주셨다. 그러자 동네에서는 '김동문 목사 어머니가 서울 큰 교회를 다니는 부자 권사인데, 아들에게 교회를 지어 주셨다.'는 소문이 났었다. 나는 그렇게 소문이 난 것이 참 감사했었다.

무명의, 그러나 위대한 성도들

남편이 유명 브랜드 의류매장을 운영하시는 집사 한 분이 계셨었는데, 그분은 나에게 계절에 맞는 옷들을 주셨고, 그 덕분에 나는 총신의 베스트 드레서라는 별명을 얻을 수 있었다. 또 내게 멋진 가죽가방을 선물해 주셨던 성도, 철따라 먹을 것들을 바리바리 챙겨 주셔서 기숙사 동료들과 나눠 먹게 해 주셨던 성도들, "전도사님, 우리 전도사님…." 하면서 각별한 사랑을 베풀어 주셨던 많은 성도들이 있었다.

하나님은 그렇게 나에게 많은 사람들을 붙여 주셔서 세상에서 상하고 찢겨졌던 나로 하여금 뒤늦게나마 '이만하면 좋은 어머니 경험, 이만하면 좋은 아버지 경험'을 많이 하게 하셨다. 그런 경험들을 통해 내 마음속에 큰 공백으로 남아 있던 곳이 채워졌고, 그러한 돌봄의 경험과 치유의 경험이 오늘까지 쉬지 않고 달려올 수 있는 힘이 되었지 않나 싶다.

이렇게 신앙 안에서의 인생사를 정리하던 중에 오랫동안 연락을 하지 못했던 두 믿음의 어머니께 전화를 드렸다. 두 분 다 여전히 정정하게 예전의 삶을 지속하고 계셨다. 세상에 난다 긴다 하는 목사와 장로들이 많이 있지만, 나는 이분들이야말로 우리 시대의 믿음의 영웅들이시라고 생각한다.

그동안 세월이 많이 흘러 김영숙 전도사는 이제 80을 넘기셨고, 김수경 권사는 90을 넘기셨다. 나에 대한 이분들의 사랑의 수고는 결코 헛되지 않았으며, 천국에 가셨을 때 하나님으로부터 큰 상급을 받으실 줄 믿는다.

내게 어머니가 되어 주셨던 두 분, 그리고 내게 이 모양 저 모양 사랑을 많이 베풀어 주셨던 무명의 성도들, 나는 이분들을 생각하면서 하나님께서 내게 부모 복은 안 주셨지만, 사람 복을 주셨다는 생각을 하게 된다.

내가 자식들에게 자주하는 말이 있다. "사람들은 아빠를 가리켜 자수성가했다고 하는데, 아빠는 결코 자수성가한 사람이 아니야. 아빠는 많은 사람들의 도움을 받아 오늘에 이르게 되었어. 아빠가 열심히 살려고 발버둥칠 때 많은 사람들이 도와주셨었지."

이젠 나도 목회를 하는 목사이기도 하지만, 열 명이 넘는 직원들을 거느리고 있는 요양기관의 대표이기도 하고, 지역사회의 이런저런 일들을 하면서 많은 사람들을 만난다. 내가 많은 사람들의 도움으로 오늘 여기까지 오다 보니 열심히 사는 사람들을 보면 어떻게든 더 도와주고 싶다.

많은 젊은이들이 우리나라를 가리켜 헬 조선이라고 외치지만, 난 그렇게 생각하지 않는다. '하늘은 스스로 돕는 자를 돕는다.'는 격언이 있듯이, 무엇을 하든지 정말 열심히 최선을 다하면 그 사람은 반드시 일어서게 된다고 생각한다. 그래서 나의 자식들도 그렇게 열심히 살아 주었으면 하는 간절한 바램을 가지고 있다.

속담에 '머리털 검은 짐승은 거두지 말라.'고 했고, '선을 악으로 갚는다.'는 말도 있다. 사람을 돌봐 주는 것이 얼마나 힘들면 그런 말이 나

왔겠는가? 말이 나왔으니 하는 말이지만, 사람을 섬기고 돌봐 주는 직업을 가진 사람들은 종종 사람에 대해 회의를 품을 때가 많고 지치기 쉽다. 남을 살리려다가 자신이 병을 얻을 때가 많다. 그럼에도 불구하고 누군가를 위하여 기댈 언덕이 되어 주고 지지자가 되어 주고 지원자가 되어 주는 것은 가치가 있는 일이라 생각하고, 그 일은 하나님께서도 기뻐하실 일이라고 생각한다.

상하고 찢긴 나를, 허물 많은 나를 하나님의 사랑으로 품어 주셨던 많은 사람들이 있다. 나는 늘 그분들의 사랑을 기억하고 그분들에 대해 '빚진 자' 의식을 가지고 있다. 그분들 중 어느 누구도 나에게 "내가 베풀어 준 은혜를 갚으라."고 말한 사람이 없다. 그러나 나는 지금까지 항상 '빚진 자' 의식을 가지고 살면서 은혜를 갚아야 한다는 생각을 하며 살아왔고, 앞으로도 그런 마음으로 살 것이다.

내가 그분들의 은혜를 갚는 길은 무엇보다 더 이상 그분들의 짐이 되지 않고 사회의 짐이 되지 않는 삶을 사는 것이라고 생각한다. 그리고 애초에 내가 서원하였던대로 사회적 약자들을 위해 조금이라도 도움이 되는 삶을 사는 것이 은혜를 갚는 것이라 생각한다.

어쩌면, 나도 알게 모르게 내게 은혜를 베풀어 주셨던 분들의 마음을 속상하게 했을지도 모르겠다. 하지만, 목사가 되고 나서 내 딴에는 하나님께 서원한 것을 갚고, 또 내게 은혜를 베풀어 주신 분들께 보답하는 마음으로 목회를 해 왔다. 나는 목회를 사회복지와 음악치료 사역으로 실천해 왔다.

교회 개척 후 이십 수년이 흐를 동안 우리 부부의 돌봄을 받았던 동네 아이들과 어르신들은 이루 헤아릴 수 없이 많다. 그리고 정신질환자들, 암환자들, 노숙인들, 장애아동들, 국군장병들, 지역사회의 수많은 주민들을 섬겨 왔다. 앞으로도 건강이 허락하는 한 내가 해 왔던 행진을 계속할 것이다. '빚진 자'의 마음으로!

6.
내 이름은 필립스 김, 그러나 콤플렉스의 화신!

나는 어릴 때부터 신기술 신문명에 관심이 많아서 남들보다 일찍 접하였으며,
신학교 다닐 때도 얼리어답터였다.
이것은 내 나름의 콤플렉스 극복 방식이었다.

승부욕의 화신 김동문?

어떤 사람들은 내가 지고는 못 사는 승부욕이 무척 강한 사람으로 생각한다. 그도 그럴 것이, 나는 운동을 하건 일을 하건 공부를 하건 무엇을 하건 간에 한번 불이 붙으면 정신없이 빠져든다.

대학 졸업반 시절이었던 것으로 기억한다. 땡볕이 내려쬐이는 7월 말경, 나보다 두 살 위인 형과 학교 테니스장에서 1,200원짜리 비빔밥 한 그릇을 놓고 장장 두 시간여 동안 용호상박의 혈투를 벌인 적이 있다. 그 형도 만만치 않은데, 어떻게든 날 이기려고 했다. 한번은 코트 밖으로 나갈 동 말 동 할 정도로 길게 공을 보내고 한번은 짧게 네트 바로 밑에 떨어뜨리면서 나를 기어코 이기려고 했다.

어디 그런다고 내가 포기하나? 나는 매번 씩씩거리며 공을 받아치고, 그러다가 넘어져도 끝까지 포기하지 않았다. 그때 누가 이겼는지는 기억이 나지 않는다. 이때 내게 붙여진 별명이 코뿔소이다.

내게 그런 악착같은 면이 있다. 나는 내가 누구를 꼭 이겨야겠다는 승부사 기질이라기보다는, 그게 경제적 가치나 명예나 권력 등등을 얻느냐 못 얻느냐 하는 것보다는 그저 내 능력의 한계를 시험해 보고 싶고, 내 한계를 스스로 이겨 내고자 하는 그런 기질을 가지고 있는 것이다.

아마도, 내가 누군가를 경쟁 상대로 삼아 그 사람을 이기려고 했다면 나는 벌써 제풀에 지쳐 고꾸라졌을 것이다. 생태적으로나 사회적으로나 나는 경쟁력 제로였기 때문이다. 다른 누군가를 이기려고 발악을 하는 것이 아니라, 그저 내 능력의 한계를 극복해 보고 싶은 그런 욕구와 의지, 그게 아마 나를 오늘에까지 이르게 한 원동력 중의 하나가 아니었나 싶다.

이런 우스갯소리가 있다. 천국에는 목사 보기가 너무 힘들다고 한다. 그래서 목사가 천국에 오면 예수님은 너무나도 기뻐하시면서 맨발로 뛰어나오셔서 천국 온 목사를 끌어안고 뒹구신단다. 그 이유는 예수님이 목사를 편애하셔서 그런 것이 아니라 너무나도 오랜만에 천국에 온 목사를 보셨기 때문이란다.

목사로 살아온 지 이십 수년이 지나고 있는 현재, 이 우스갯소리가 내겐 너무나도 심각하다. 왜냐하면, 목사로서 성도들에게는 설교를 통해 신앙적 삶을 촉구하면서 목사인 나는 믿음대로 살지 못하기 때문이다. 나는 정말 천국에 가고 싶다. 그래서 끝까지 달려야 한다.

모범생인 척했던 비겁한 신학생

내가 십대 시절 대구 비산동 철공소에서 일하고 있을 때, 고 박정희 대통령 시해 사건이 일어났다. 그때 나는 북한이 쳐들어올 줄 알고 무척 겁을 먹었었다. 왜냐하면, 언론이 그렇게 위기감을 불어넣었기 때문이다. 1980년 광주에서 5.18민주항쟁이 일어났던 때는 전라도 사람들 때문에 나라가 망하는 줄 알았다. 전두환 시절에 장발인 채로 대구 동성로를 걸어 다니다가 삼청교육대에 끌려갈 뻔했다.

1987년 6월 10일 민주항쟁 때는 안양교도소에서 수감생활을 하느라 세상이 어떻게 돌아가는지 모르고, 재판장과 약속한대로 대학생이 되기 위해 공부하는데 온 힘을 기울였고, 그해 고입, 대입검정고시에 합격했었다.

총신대 신학과에 합격하여 가석방이 되어 학교에 갔을 때, 소위 운동권 신학생들이 데모를 했었다. 나의 믿음의 어머니 두 분은 나에게 '데모대에 휩쓸리면 큰일난다, 높으신 목사님들 눈 밖에 나면 끝장이다.'

고 하시면서 공부만 열심히 하고 교회만 잘 섬기라고 신신당부하셨다.

사실, 나는 서대문구치소에 있을 때부터 웬만큼 의식화되어 있었다. 내가 있던 방에 명문대생 한 명이 데모를 하다가 끌려왔었다. 그는 수학을 전공한다고 하였다. 그래서 나는 그에게 중학수학을 가르쳐 달라고 했는데, 그는 수학을 가르쳐 주었을 뿐만 아니라 내가 원하지 않았던 의식화 교육도 보너스로 가르쳐 주었던 것이다.

그 영향인지 사회에 대해 까막눈이었던 내가 어느 정도 사회의식을 가지게 되었었다. 그래서 데모하는 운동권 학생들의 주장을 어느 정도 수용했었다. 그들이 하는 주장이 틀린 것이 아니었기 때문이다. 그런데 그렇지 않아도 전과자 출신인 내가 부화뇌동하여 데모대에 합류했다가 찍히면 그걸로 끝장인데, 내가 어떻게 해서 여기까지 왔는데… 하면서 일부러 외면했었다.

그 대신에, 나는 모범생인 척하면서 대학생활을 했고, 그런 나 자신을 합리화했다. 내가 목사가 되면, 서원한대로 사회적 약자를 위한 목회를 하여 사회를 변혁시키면 되지 하는 생각을 했었다. 그래서 나는 대학생활을 할 동안 기숙사와 강의실과 도서관과 교회를 다람쥐 쳇바퀴 돌 듯이 돌면서 살았다.

아마도, 나의 대학 동기들 중엔 내가 먼저 말하지 않았어도 내가 사연이 많은 예비역이라는 것을 귀동냥으로 들어 알고 있던 사람들도 있었을 것이다(사실, 신학교에 들어오는 사람들은 대부분 남다른 사연들이 있다). 하지만 동기들은 나를 형님이라고 부르면서 잘 따라 주었고, 예비역들도 동료애를 잘 발휘해 주어서 나는 4년간의 대학생활을 잘 마칠 수 있었다.

　전과자 출신의 어리버리 신학생이면서 범생이인 척하는 비겁쟁이가 대학생활을 성공적으로 순탄하게 마친 경험을 하게 된 것은 나로 하여금 다음 단계로 도약할 수 있는 소중한 경험이 되었다. 지금에 와서 돌아보면, 그 동기들이 참 고맙다. 그래서 요즘 가끔 만나면 할 수 있는 대로 내가 밥이라도 한 번 더 사려고 노력한다.

내 이름은 필립스 김, 필립스 김이라 불러다오!

나는 어릴 때부터 새로운 것에 대한 탐구의식이 강했다. 초등학교 3학년 때부터 팽이나 썰매를 직접 만들어 놀았고, 철공소에 다닐 때에도 시간만 나면 쇳조각으로 이런저런 것들을 만들었었다. 이런 기질은 대학생활을 하면서 남들보다 먼저 워드프로세서를 사용하여 레포트를 제출하는 것으로 나타났고, 신대원에 진학해서는 학교에서 노트북 유저 제1호가 되기도 했다.

1993년, 신대원 첫 학기부터 N사에서 만든 386노트북을 강의실에 가지고 들어가서 교수들의 강의를 즉석에서 다 받아쳐서 기말고사 1주일을 남겨 두고 자료집으로 만들어 동기들에게 배포를 했다. 왕년에 속기사가 되려고 훈련을 받으며 쌓았던 실력이 귀로 들은 강의 내용을 손가락으로 신속하게 타이핑하는데 많은 도움이 되었다. 그런 것을 보면, 뭐든지 열심히 배워 놓으면 다 쓸모가 있는 법이다.

신대원을 다닐 때 나의 별명은 필립스 김이었다. 이 별명은 누가 붙여 준 것이 아니라 내 스스로 붙인 별명이다(내 별명은 '송충이'를 제외하곤 대부분 내 스스로가 작명하였음). 김동문이라는 이름이 흔한 이름이 아닌데, 당시 총신 신대원 1학년 약 700여 명 중 '김동문'이라는 이름을 가진 학생이 세 명이었다. 그래서 남들이 쉽게 구분하기 위해 내가 세 명의 '김동문'에 대한 별명을 붙여 주었는데, 그 당시 나는 필립스라는 회사에서 만든 노트북을 사용하고 있었기에 내 스스로를 '필립스 김'이라고 지었던 것이다.

아무튼, 내가 만들어 낸 강의 자료집이 선풍적인 인기를 끄는 바람에 3년 내내 농땡이 한번 부려 보지 못하고 정말 강의를 열심히 들을 수밖에 없었다. 물론 그렇다고 해서 내가 성적장학금을 받은 적은 없지만, 열심히 강의를 타이핑하고 편집하기 위해 다시 읽고 하는 와중에 교수들의 강의가 내 속에 녹아들었던 것 같다. 그것이 지금까지도 한 교회 담임목사로 존재할 수 있었던 이유들 중의 하나라고 할 수 있지 않을까 싶다.

신대원 시절에는 별명이 필립스 김이었는데, 남양주에서는 남양주의 스티브 잡스로 불리기도 했다. 내가 2011년에 지역활동을 하면서 3일 연속으로 남양주시청 다산홀에서 전체 공무원들과 민간 활동가들을 대상으로 남양주시 발전을 위한 강연을 하고, 또 각 읍면동으로 다니면서도 강연을 했었다. 이때 나는 아이패드와 아이폰을 연동시켜 프리젠테이션을 하며 강의를 했었는데, 사람들은 그런 나를 남양주의 스티브 잡스라고 불렀다. 하여튼, 나의 천성이 새로운 것을 탐구하는데 관심이 많고, 탐구하여 익힌 것을 나의 사역에 녹여내는 것을 즐긴다.

내 이름은 클라리넷 김, 클라리넷 김이라 불러다오!

앞에서 1989년 3월 3일 총신대학교 입학식날, 나는 신관 5층 강당에 울려 퍼지던 총신대생들의 4부 합창 찬송 소리에 큰 자극을 받았었다고 했다. 여전히 고고 뽕짝 스타일의 노래에 익숙한 새내기 신학생이었던 내게 신학생들의 고상한 4부 합창 찬송 소리는 나로 하여금 천국을 경험하게 하면서 동시에 심한 열등감을 느끼게 하였던 것이다. 게다가 교회에서 청소년들이 내가 찬양을 따라 부르는 소리를 듣고는 깔깔 웃으며 "전도사님은 왜 찬양을 뽕짝처럼 불러요?" 했었다.

대학생활 1년이 지나던 해 나는 클라리넷을 배우기 시작했다. 찬양에 대한 열등감을 악기 연주를 통해 만회하고 싶었기 때문이다. 그렇다고 내가 클라리넷에 대한 사전 지식이 있었던 것은 아니다. 채플 때 음악과의 관현악 전공 학생들이 반주를 했었는데, 유난히 클라리넷 소리가 마음에 들었기 때문이다.

신대원에 진학해서는 플루트와 피아노와 오르간을 연주하는 동기들과 함께 채플 반주를 했는데, 황량한 광야와 같은 신대원 강당에 울려 퍼지던 악기 소리에 당시 신학생들로부터 은혜를 많이 받는다는 칭찬을 듣기도 했다. 학부 때는 내가 어린 동기들 때문에 열등감을 가졌었는데, 신대원에 진학해서는 도리어 첨단 노트북을 쓰고 고상한 클래식 악기를 연주하는 나 때문에 동료들로부터 칭찬을 듣거나 부러움을 사는 상황이 된 것이다.

이렇게 신학생 시절에 동료들에 비해 더 첨단적이고 감성적이고 학구적이다 보니 동기들은 나를 금수저로 여기기도 했다. 어떤 동기가 지나가는 말로 이렇게 말했었다.

"김 전도사님을 보면 난 신경질이 나요. 나보다 누리는 것이 많은 것 같고, 나보다 잘하는 게 많은 것 같아서…."

그 동기가 내게 그런 말을 했을 때, 나는 겉으로는 "워 워~." 하고 웃어넘겼지만 속으로는 이런 말을 했었다.

'하지만 난 부모도 없고 게다가 빵잽이 출신 삼팔따라지 인생인데, 당신은 부모님도 계시고 게다가 예쁜 색시도 있잖아.'

실제로 그 동기는 신대원 재학 중에 결혼을 했었다. 나는 그들의 신접살림 집들이에 참석을 했었는데, 나는 그 동기가 너무나 부러웠었고 결혼도 하지 못하는 나 자신이 너무나 서글펐었다.

내 이름은 작가, 작가라 불러다오!

대학 시절에도 그랬지만, 나는 신대원 시절에도 나의 문서 생산능력 때문에 교수들의 사랑을 많이 받았었다. 특히, 지금은 고인이 되셨지만, 학부와 신대원에서 우리들에게 신약신학을 가르쳐 주셨던 정훈택 교수는 내게 「성경의 영감(I. H. Marshall)」이라는 책을 번역하고 출간(1995)할 수 있게 해 주셔서 당신의 수업에 부교재로 사용하셨다. 그것을 계기로 하여, 당시 중고등부 학생들을 대상으로 전하였던 말씀을 묶어 「비눗방울 터트리기」(1995)와 「슈퍼모델」(1996)이라는 제목으로 에세이 설교집을 출판하게 되었다.

사실, 재학 중인 신학생이 인세를 받으며 자기 이름으로 번역서를 내고 설교집을 낸다는 것은 극히 이례적인 일이다. 그 이후에도 그런 사례가 또 있었는지 모르겠다. 이것은 내가 잘나서가 아니라, 스승이 나를 어여쁘게 여겨 주셔서 맺은 열매라고 생각한다. 아무튼, 나 개인으로서는 영광 중에 큰 영광이었다.

신대원 졸업 학기가 끝날 무렵, 평소 친하게 지내던 교수와 학교 테니스 코트에서 테니스를 친 후 잠깐 대화를 나누는 시간이 있었다. 그때 내가 이실직고를 했다. "교수님, 제가 고백할 게 있습니다. 저 빵잽이 출신입니다. 하하하~." 하면서 과거 행적을 말씀드렸다.

교수는 깜짝 놀라면서 하시는 말씀이 "김 전도사님, 왜 진작 이야기해 주지 않았어요? 이야기해 주었더라면, 내가 장로님들이나 권사님들이 후원을 할 수 있도록 연결을 해 주었을 텐데요. 나는 김 전도사님이 안정된 집안의 아들인 줄 알았는데…."

그래서 내가 웃으면서 이렇게 말씀을 드렸었다.

"하하하~ 교수님, 지금 말씀드리니까 더 폼나잖아요. 그동안 잘 가르쳐 주셔서 감사합니다."

내 이름은 콤플렉스 김, 콤플렉스 김이라 불러다오!

신대원 2학년 때였던 것으로 기억하는데, 어떤 동기가 이렇게 말하는 것이었다.

"김 전도사님은 콤플렉스가 많은가 봐요."

내가 전혀 예상치 못했던 말이었다. 그래서 물었다.

"예? 콤플렉스요? 왜 그런 말을…."

그러자 그 동기는 이렇게 말했다.

"김 전도사님은 뭐든지 너무 열심히 하는 것 같아요. 그게 콤플렉스를 감추기 위한 열심인 것 같아 보여서요."

나는 그 말을 들었을 때 처음엔 "아니거든요." 하면서 부정했었다. 나중에 생각해 보니까 그 동기가 한 말이 맞았다. 나는 콤플렉스의 화신이었던 것이다.

아주 어릴 적부터 부모의 부재로 인해 큰댁에서 얹혀살아야 했던 데서 온 콤플렉스가 있었다. 큰아버지와 큰어머니와 사촌 형제들은 사랑으로 나를 품어 주었던 소중한 가족들이었다. 하지만, 나 스스로 치명적인 콤플렉스를 가질 수밖에 없었다. 남들 다 가는 중학교와 고등학교에 진학하지 못하고 일찌감치 공돌이 생활을 해야만 했었던 데서 올 수밖에 없었던 콤플렉스가 있었다.

산 자가 가서는 안 될 곳이라고 하는 교도소 생활을 해야 했었던 데서 오는 빵잽이 콤플렉스가 있었다. 신학교에 들어가 보니까 다들 나보다 신앙적 학문적 역량이 뛰어난 것 같고, 그런 동료들에 비해 나는 메뚜기 같은 존재라는 생각에서 오는 콤플렉스가 많이 있었다.

사실 신학생들은 다들 도진개진이지만, 내가 볼 때 나의 동료들은 이미 신학자들이었고 목사들이었다. 나는 그런 생각을 하다 보니 내 존재의 미약함을 느끼는데서 오는 콤플렉스는 나를 너무나도 초라하게 만들었었다.

그러나 그 콤플렉스는 나로 하여금 진보의 열정을 불사르게 하는 에너지원이었다. 내가 남보다 못하기 때문에 남을 따라가려면 더 노력해야 한다고 생각했다. 나는 생각에만 그치지 않고 나의 역량을 강화시키기 위해 정말 전투적으로 투지를 불살라야 했다. 실제로 콤플렉스에서 오는 진보를 향한 열정은 나의 역량을 강화시키는 계기가 되었다.

그리고 그러한 나를 아들처럼 뒷바라지해 주시는 믿음의 어머니들이 계셨고, 그러한 나를 사랑해 주시는 교수님들이 계셨다. 그분들의 지지와 지원 속에서 나의 콤플렉스는 더 이상 나를 넘어뜨리는 에너지가 아니라 나를 세워 주는 에너지가 되었다.

7.
그 여자의 남자, 그 남자의 여자 1

1996년 1월 30일, 하나님의 은혜로 김동문 전도사와 신광숙 자매는
새문안교회에서 결혼예식을 거행하였다.

어느 날 다가온 끌림

나는 오래전부터 나에게 역사하셨던 우리 주님 이야기를 있는 그대로 증언하고 싶었다. 그래서 20대 때에도 30대 때에도 40대 때에도 50대 때에도 쓰려는 시도는 했었다. 그러나 한참 쓰다가도 '아니야, 아직은 아니야.' 하면서 접었었다.

20대 때는 주님의 은혜를 간증해 놓고는 다시 옛적 삶으로 돌아가는 사람들을 보면서 어쩌면 나도 그런 전철을 밟을지도 모르겠다는 생각이 들었기 때문에 쓰려다가 말았다.

30대 때는 교회를 개척하고 너무 힘든 시절을 보내고 있었기 때문에 자칫하면 내 생존을 위해 예수님을 팔 수도 있겠다 싶어 쓰지 않았었다.

40대 때는 지역사회를 섬기는 일이 너무 방대하여 정신을 차릴 수 없어서 쓸 엄두를 내지 못했었다.

50대 때는 내 속에서 나를 이상화시키고 싶은 욕구가 스멀스멀 올라오고 그것이 주님께 죄스러워서 용기를 낼 수 없었다.

이제 50고개 중반을 넘어 60고개를 향해 가면서 그 어떤 '끌림'에 의해 뇌리 속 깊은 곳에 박혀 있던 그 시절 그 이야기들을 끄집어내어 주저리주저리 쓰고 있다. 인간적으로 생각하면, 지금 이렇게 한가롭게 과거를 회상하고 있을 때가 아니라 박사 논문을 써야 할 때이다.

박사 논문을 쓰면 분명 김동문의 이름 석 자가 더 빛나고 폼도 날 것이다. 그런데 갑자기 기관차같이 내달리는 나 자신에 대해 브레이크를 걸고 나를 사랑하시고 나를 도우시고 나를 인도하시고 나를 통해 이루신 것이 많은 주님 이야기를 하고 싶었다.

내가 SNS에 보잘것없는 나의 이야기를 연재하였을 때, 그 글을 읽은 주변 분들이 자서전을 내라고 하는 분들도 있었고, 또 어떤 이는 농담 삼아 다음 선거에 출마하라고도 하는 분들도 있었다. 하지만, 나는 그런 소리에 영향을 받지 않고 그냥 썼었다. 그냥 내 마음 가는대로 썼었다. 그러면서 더 늦기 전에, 마음 변하기 전에 약한 나를 이만큼이라도 강하게 하신 우리 주님을 많은 사람들에게 전하고 싶은 마음이 생겼다.

성경을 읽다 보면, 우리가 위대하다고 하면서 하늘처럼 떠받드는 신앙 위인들의 별별 지저분한 이야기들도 읽게 된다. 그러면서 왜 이런 지저분한 이야기들이 거룩한 성경에 들어 있지 하고 고개를 갸우뚱거리게 된다.

어떤 사람은 성경 속의 그런 이야기들을 빌미로 하여 기독교의 무용성을 역설하기도 한다. 하지만 성경은 그래서 성경인 것이다. 숨기고 싶은 이야기도 숨기지 않고, 초라한 이야기도 온갖 화려한 미사여구로 각색하여 영웅담으로 미화시키지 않고, 그저 가감없이 있는 그대로 기록하였기 때문에 성경인 것이다.

물론 나는 나의 감추고 싶은 이야기를 용기를 내어 사실적으로 하고 있고, 반면에 행여 나의 인생사로 인해 상처를 받을 가능성이 있는 사람들과 연관되어 있는 이야기는 의도적으로 쓰지 않는다. 그런 점에서 나는 피할 것은 피하고 알릴 것은 알리기 때문에 나의 이야기는 글자 그대로 흠과 허물이 많은 그저 한 인간의 이야기, 그러나 우리 주님을 자랑하고 싶은 인간 김동문의 이야기일 뿐이다.

교수님 가라사대… 1

신학교 시절, 꼿꼿하시기로 유명하셨던 한 교수가 있었다. 그 교수는 강의 시간에 하셨던 주옥같은 말씀들 중 내가 선명하게 기억하는 두 가지가 있다.

교수: "짐승들은 땅을 보고 걷지만 사람은 하늘을 보고 걷는데, 그 이유가 무엇인지 아는가?"

나: 멀뚱멀뚱… 유구무언….

교수: "사람은 하나님 형상대로 지음을 받았기 때문에 하나님을 바라보고 살아야 하기 때문이지. 그래서 여러분은 아무리 힘들어도 고개를 푹 숙이고 땅을 바라보고 걸으면 안 돼. 힘들어도 고개를 빳빳이 들고 하늘을 보고 걸어야 해!"

나: 올레~!

나는 그 말씀이 너무 좋았다. 나의 어린 시절의 자화상은 힘없이 축 쳐진 어깨, 풀이 죽어 있거나 또는 슬픔과 고뇌로 가득한 얼굴을 하고 고개를 푹 숙인 모습이었다. 그러나 그 교수의 말씀을 들은 이후로는 이리저리 휘둘려도 기죽지 않고 목에 힘을 주고 머리를 빳빳이 세워 살아가려고 무진장 노력을 많이 하였다. 어쩌면 그러한 나를 교만하다고 생각하는 사람도 있었을지 모른다. 그러나 나는 고개를 들고 하늘을 보며 살아가려고 현재진행형으로 몸부림쳐 왔다.

교수님 가라사대… 2

　교수: "남자는 장가를 가기 전까지는 반쪽 사람에 불과해. 남자는 장가를 가야 완전한 사람이 되는 것이여!"
　나: 올레~!

　난 속으로 이렇게 말했다. '교수님, 그럼요. 그래서 삼팔따라지 인생인 나도 장가를 가서 사람이 되어야지요. 근데 장가가고 싶어도 여자가 없는데, 교수님이 내 색시감 좀 찾아 주지 않으시겠습니까?' 그랬었다. 그러면서 혹시 교수가 나를 장가 보내 주시지 않을까 은근히 기대를 했었다.

　그러나 그 교수는 그렇게만 말씀하시고는 내가 신대원 졸업을 앞둔 가을 학기 중반까지도 모른 체하셨다. 참 섭섭했다. 암튼, 나도 완전한 사람이 되기 위해 장가를 가려고 무진장 애를 썼었다.

　앞에서 나는 총신대 캠퍼스를 왔다 갔다 하며 매의 눈으로 '나의 그녀'를 찾았다고 했었다. 자매들을 마주칠 때마다 속으로 '주님, 이 자매입니까? 요 자매입니까? 저 자매입니까?' 하고 물었었다. 하여튼, 학교와 교회의 자매란 자매는 모두 대상에 올려놓고 기도를 하기도 했다.

내가 찍어 놓은 자매를 다른 남학생이 넘보는 눈치가 보이면 나는 속으로 '이 시키가…' 하면서 분노 비슷한 감정이 생겼다. 또 극도로 신경이 날카로워지기도 하고 '나는 빵잽이에다가 삼팔따라지니까 안 되겠지.' 하며 우울해지기도 했다. 그러다가 용기를 내어 자매에게 대시를 했다가 라이트 훅, 레프트 훅, 어퍼컷을 맞기도 했다.

그러다 보니 신대원 졸업 무렵에는 그만 기진맥진해졌다. 주님께 대하여 억한 심정이 생겨서 기도를 해도 냉소적으로 하게 되었다. '주실라면 주시고… 말라면 주시고….' 뭐 그런 심정이 되었다. 그런 내가 드디어 장가를 갔다. 그래서 이제부터는 팔불출답게 '나의 여인' 이야기를 하려고 한다.

동병상련의 두 남자,
장가를 가기 위해 금식기도를 했으나…

신대원 3학년 재학 시, 같은 반에 나이가 서른둘이나 되었으면서 장가도 못 간 나와 나이는 같지만 나보다 세 배는 더 멋진 외모와 스펙을 가진 P전도사가 있었다. 3학년 2학기가 되자, 우리 둘은 위기감을 느꼈다. 그래서 너무나도 쉽게 우리는 의기투합을 하여 삼일 금식기도를 시작했다.

그런데 이상한 것은 나는 분명히 하나님께 결혼할 배우자를 달라고 기도했는데, 정작 하나님은 내게 이렇게 말씀하셨다.

"또 여호와를 기뻐하라 그가 네 마음의 소원을 네게 이루어 주시리로다. 네 길을 여호와께 맡기라 그리하면 저가 이루시고"(시 37:4-5절)

나는 괴롭고 우울한 마음으로 금식기도를 하고 있는데, 하나님은 나를 위로해 주시기는커녕 하나님을 기뻐하라고 하셨다. 기도 응답의 기미도 보이지 않아 속에서 하나님을 향한 섭섭한 마음이 들려고 하는데 나의 길을 맡기라고 하셨다.

거기에다가 찬송가 314장 '내 구주 예수를 더욱 사랑' 찬송이 내 입에서 자꾸 나오는 것이었다. 나는 자매를 사랑하고 싶어서 그 바쁜 신대원 3학년 2학기에 금식기도까지 하는데 하나님은 위의 말씀과 더불어 '내 구주 예수를 더욱 사랑'이라는 찬송을 자꾸 부르게 하셨다. 그런데 내 마음이 점점 강퍅해지고 완악해지는 것이 아니라 마음에 기쁨이 쌓이면서 현실의 필요를 채우고자 하는 간절한 마음이 사라지는 것이었다.

아, 그런데 금식기도를 끝내고 나니까 주변에 자매들이 여자로 안 보이기 시작했다. 고만 장가를 가고 싶다는 간절한 마음도 사라져 버렸다. 그러면서 나는 이런 생각이 들었다. '교수님의 말씀대로 나는 반은 사람, 반은 짐승인 채로 사는 게 주님의 뜻인가?' 하는 생각이 들면서 체념 비슷한 것을 하게 된 것 같다.

나와 같이 금식기도를 한 P전도사도 기도 응답을 받지 못하기는 마찬가지였다. 그때는 그게 얼마나 위로가 되었는지 모른다. 같이 금식기도했는데 누구 한 사람은 기도 응답을 받고 다른 누구는 기도 응답을 받지 못하면, 못 받은 사람은 시험에 들 수도 있지 않겠는가 말이다. 그런데 둘 다 기도 응답을 받지 못했으니 하나님은 분명 공평하신 분이 맞으셨다.

다만 그와 나의 차이점은 나는 아예 사귀는 자매도 없었지만, 그는 사귀는 자매가 있었다. 서울 장안의 꽤 큰 교회의 장로님과 권사님 딸이었는데, 문제는 그 자매의 부모는 자신의 딸을 절대로 목사 부인이 되게 할 수 없다고 하시면서 두 사람의 결혼을 반대한다는 것이다. 그래서 나와 같이 그 바쁜 졸업학기에 3일 금식기도를 했었는데도 그 자매의 부모는 요지부동이셨다고 한다. 암튼, 결국 그도 기도 응답을 받지 못했던 것이다.

우리는 3일 동안 동맹관계였다가 금식기도 끝나고 나서는 서로 소 닭 보듯 했다. 피차 기도 응답을 받지 못했기 때문에 서로 얼굴 보기가 민망했기 때문이다. 그 와중에도 누구누구가 결혼을 한다는 소식이 들려왔다. 무심한 척했지만, 속으로는 죽을 지경이었다. 아마 겪어 본 사람은 내 심정 충분히 이해할 것이다.

아, 그녀를 만나다!

나를 오빠라 부르는 '아는 자매'가 교회 언니를 소개해 준다고 했다. 위에서 말했다시피, 나는 장가를 가려고 그 바쁜 와중에 3일 금식기도를 했지만, 자매를 기뻐하기보다는 여호와를 기뻐하라, 자매를 사랑하기보다는 내 구주 예수를 더욱 사랑하라는 메시지를 받고 결혼에 대한 갈급한 마음이 사라졌다.

그런데 사실 마음 한구석에는 금식기도의 거절이 주는 아픔을 이기지 못해 주님께 대하여 억한 심정을 가지고 있었다. 그런 복합적 감정을 가지고 있던 중에 교회 언니를 소개해 준다고 하니 그 말에 뛸 듯이 기뻐하기보다는 그냥 시큰둥하게 "만나 보지 뭐~." 했던 것 같다. 그게 기도 응답이었던 것도 깨닫지 못하고.

나의 그녀는 '아는 자매'가 다니는 서울 모 교회에 다니고 있었다. 1995년 11월 10일 저녁, 나는 그녀를 처음 만났다. 이 글을 쓰면서 언제 만났는지 기억이 잘 나지 않아 아내에게 물어보았더니 벌써 그것도 잊어버렸느냐고 하면서 알려 준다. 자칫하면 한 방 맞을 뻔했다.

그녀와 소개팅을 하던 날, 나는 청계천 세운상가에 장을 보러 갈 일이 있기에 장을 보고 짐을 한 꾸러미 들고 명동의 어느 카페로 그녀를 만나러 갔다. 당시 나의 몰골은 여자 입장에서 보았을 때, 딱 재수없는 남자 스타일이었다. 소개팅하러 가는 남자가 얼굴도 부스스하고 머리카락도 희끗희끗한데다가 옷도 완전 낡은 국방색 바바리코트를 걸친 촌티 패션의 끝판 왕이었다.

암튼, 나는 그녀를 만나 커피를 마시면서 신학생답게 화려한(?) 언어의 향연을 펼쳤다. 신학생들은 대부분 말빨이 무척 센데, 나도 그랬다. 무식하면 용감해진다는 말이 있듯이, 신학 수업 좀 받았다고 마치 신학박사인 마냥 블라블라 하며 아는 체를 했던 것이다.

그렇게 내가 어쩌고저쩌고, 가설라무네 하며 말을 잘하니까 그녀는 내가 자기가 마음에 들어서 그러는 줄 알았단다. 그러나 정작 그녀는 내가 재수 없는 남자로 보이면서 '무슨 이런 늙다리 촌티 나는 남자를 소개해 줬어?' 하면서 나를 소개해 준 동생에 대해 부아가 치밀었단다.

그런데 잠깐 화장실에 다녀오면서 거울을 보는데 갑자기 주님의 음성이 들리더란다.
"너는 왜 사람을 외모로 보고 판단하느냐?"
그녀는 순간적으로 찔림을 받고 테이블로 돌아왔는데, 아뿔싸… 나의 외모가 카페의 불그스름한 조명빨을 받아 '촌티'와 희끗희끗한 새치가 가려져서 안 보이고 해맑고 순수한 전도사가 앉아 있더란다. 게임 끝!

촌티 끝판 왕 김동문, 시인이 되다

그녀를 만났던 당시는 졸업논문을 쓰고 있던 시기였다. 왕년에 총신의 베스트 드레서 소리를 들었던 나도 졸업논문이라는 과업을 앞에 두고는 좀비 스타일이 될 수밖에 없었다. 그래서 무엄하게도 미래의 색시가 될지도 모를 여인을 만나러 가면서도 촌티 패션의 진수를 보여 주었었고, 마주앉았을 때 잠깐의 침묵이 두려워 혼자 떠들어 댔었다.

그렇게 그녀와의 첫 만남을 가진 후, 나는 그녀를 잊어버리고 현실로 돌아와 다시 좀비 몰골을 하고 논문을 쓰는데 집중을 했었다. 진짜 그녀와의 만남을 까맣게 잊고 있었다. 그렇게 한 열흘 가량이 흘러 버렸는데, 그녀를 소개해 준 자매에게서 전화가 왔다.

자매: 언니한테 전화했어?
나: (대단히 짧으면서도 시큰둥하게) 아니~.
자매: 튕기냐?(내게는 이 짧은 말이 주님의 음성으로 들렸다)
나: (급당황해하면서) 그 그게 아니고… 내가 지 지 지금 노 노 논문을

쓰는 중이라… 어쩌고저쩌고~.

자매: 알아서 해. 나는 할 만큼 했어.

나는 "알아서 해." 이 말이 너무 무서웠다. 그래서 그녀에게 전화를 했고 다시 만났다. 마침 저녁 식사시간이라 그녀는 나에게 밥을 사 주겠다며 식당으로 데리고 갔는데, 보양식을 파는 식당이었다. 아리따운 이십대 여인이 고작 두 번째 만난 혈기왕성한 남자를 보양식을 파는 식당으로 데려가다니… 속으로 '이게 무슨 수작질이지?' 하면서 헷갈리기 시작했다. 아무튼 난 보양식을 진짜 게걸스럽게 한 그릇 뚝딱 해치워 버렸다. 배만 부른 것이 아니고 마음까지 한없이 불려져서 기분이 참 좋았다.

그런데 밥을 다 먹고 났을 때, 자매가 눈짓을 하면서 식탁 밑으로 뭔가를 내미는 것이었다. 내려다보니 그녀의 손엔 만 원권 지폐 두 장이 들려 있었다. 그래서 내가 의아해하니 나보고 계산을 하라고 했다. 얼떨결에 돈을 받아 계산을 하고 난 다음 나와서 길을 걸으며 왜 돈을 주었느냐고 물으니까 남자가 여자에게 얻어먹는 모습을 보이기보다는 도리어 여자에게 사 주는 모습이 보기 좋을 것 같아서였단다. 나는 사실 그때 마음속으로 '이 여자다!'라고 했었다. 왜냐하면, 이 정도로 남자의 체면을 세울 줄 아는 여자가 내 여자가 된다면 나는 복을 받은 것이라는 생각을 했기 때문이다.

그리고 나중에 내 여자가 되고 나서 물었더랬다. 어떻게 두 번째 만난 남자에게 보양식을 사 줄 생각을 했었느냐고. 그러자 그녀는 이렇게 말했었다. '교회에서 목사님들을 많이 대접하다 보니 목사님들이 보양식을 즐겨 드시는 것 같더라. 신학생들은 배가 많이 고프고, 영양실조에 빠질 위험이 많은 것 같아 영양보충시켜 주고 싶었다.'라고.

그 후, 세 번 네 번 만남이 계속되었고, 나의 고민은 깊어지기 시작했다. 몇 번째 만남이었던가, 어느 늦가을 날 나는 그녀를 어느 커피숍 가장 깊숙한 자리로 데리고 갔다. 그리고 나는 빵잽이였노라고 하면서 나의 과거사를 이실직고했다. 그런 다음 나는 짐짓 신앙인이자 예비 목회자 이전에 경상도 사나이의 기개로 말했었다.

"나는 비록 험한 과거를 가진 남자이지만 주님의 종의 삶을 살려고 하는데, 배우자가 될 사람에게 거짓말로 사기를 치기 싫습니다. 이제 솔직히 다 말했으니 결정은 자매님이 하세요. 지금 답하지 말고, 깊이 생각도 해 보고 기도도 하고 부모님과도 의논해 보고 나서 답을 주세요."

나는 그녀가 "어머, 무서워요." 하면서 도망갈 줄 알았다. 그런데 그녀는 표정의 흔들림 없이 생글생글 웃으며 "제가 전도사님 꿈을 살게요."라고 했다. 나는 순간 헷갈렸다. 이 여자가 순진한 거야, 무지한 거야? 그러면서 속으로 '자기만 좋으면 다 돼? 결혼이 어디 두 사람만의 일인가?' 이런 생각이 들었다. 하여튼, 나는 다음에 다시 답을 듣기로 하고 헤어졌다.

그다음 주 어느 날인가 다시 그녀를 만났다. 긴장이 많이 되었다. 그녀는 한참 동안 나를 그윽한 눈길로 보더니 말했다.

"제가 여러모로 부족하지만… 제가 전도사님의 꿈을 사겠습니다!"

그때 나는 그녀를 와락 끌어안고 딥 키스를 할 뻔했다. 그렇지만, 현실적인 생각을 하게 되면서 나의 표정이 어두워졌던 것 같다. 그녀는 나의 표정을 알아차렸는지 먼저 말했다.

"부모님과 형제들은 내가 설득하겠으니 전도사님은 가만히 계세요."

1995년 어느 늦가을 날, 나는 그녀를 데리고 인천 앞바다에 가서 유람선을 타고 데이트를 했다. 며칠 지난 후, 나는 그녀를 만나 사진액자 속에 그녀를 향한 나의 헌정시를 담아 바쳤다.

연가

그대, 살포시 미소 머금을 때
회색빛 구름도 하얗게 되더이다
그대의 입술 따스한 사랑 묻어날 때
바다 위를 날던 찬바람도
이내 사그러들더이다
누가 뭐래도
그대는 나의 여인입니다
감히, 내가 고백하나니
저기 저 햇살처럼 나의 사랑의 빛으로
그대를 밝게 비추리이다.

일천구백구십오년 늦가을 인천 앞바다
김동문 바치다.

1995년 그 당시에 사진을 스캔받아서
포토샵으로 시도 써 넣고 출력을 하여 액자를 만들어 바쳤었다.
지금 생각하면 그저 내가 참 유치했던 것 같아 웃음이 나온다.

이십 수년이 지날 동안 나는 이것을 잊어버리고 있었는데, 그녀는 그 액자를 지금도 간직하고 있었다. 그 액자 속에 쓰여진 유치찬란하고도 어쭙잖은 시를 보니까 내 팔뚝에서 닭살이 돋았다. 결혼한 지 이십 수년이 지난 지금은 거의 세 마디면 족하다.

"밥도." "애들은?" "자자."

슬픔의 사람 김동문, 장가를 가다!

그녀는 부모님께 편지를 썼단다.

사위될 사람은 이러저러한 사연을 가지고 있는 사람이지만, 주님의 부름을 받아 목사가 될 사람이고…

– 중략 –

내가 지금까지 엄마 아빠 속 안 썩이고 착실하게 살아왔잖아요. 내가 이 사람과 함께 꿈을 이루어 가려고 하니 허락해 주세요. 조만간 이 사람이 인사를 드리러 오면 아무 말 마시고 그냥 축복해 주세요….

– 하략 –

예비 장인 장모님께 인사를 하러 갔다. 예비 장인어른께서는 "험~ 험~." 하시고, 예비 장모님은 "우야둥둥~ 두 사람 행복하게 사소~." 하시면서 허락을 하셨다!

아내를 만난 지 정확하게 81일 만에 결혼식을 올렸다. 믿음의 어머니 김영숙 원장은 나의 신부를 위해 몇 년 동안 모아 놓으신 돈으로 예물을 해 주셨다. 또 다른 믿음의 어머니 김수경 권사는 당신 아들의 결혼식으로 규정하시고 새문안교회에서 결혼식을 올리게 해 주셨고, 당시 내가 교육전도사로 사역하던 동암교회 담임목사님을 비롯한 성도님들, 친인척들과 지인들, 동기들이 아낌없는 축하를 해 주었고, 중고등부 찬양대가 우리의 결혼식을 축하해 주어 정말 성대한 결혼식을 올릴 수 있었다.

어린 시절 송충이라는 별명으로 살아야 했던 김동문, 사춘기에 공돌이로 살아야 했던 김동문, 청년기 초입 빵잽이로 살아야 했던 김동문이 인생의 질곡의 골짜기를 지나고 지나 서른세 살 초입에 교수께서 일갈하셨던대로 완전한 사람이 되기 위해 장가를 갔던 것이다.

실존주의 철학자 하이데거의 말처럼, 나는 세상 속에 홀로 던져진 존재였다. 그렇게 세상 속으로 던져져서 모진 풍파를 겪던 와중에 세상에서 스스로 소리 없이 사라질 수도 있었을 것이다. 아니면, 세상을 그늘지게 하다가 강제로 사라짐을 당할 수도 있었을 것이다. 그런데 그렇게 서러운 실존이 하나님의 섭리 안에서 처연한 생존의 몸부림을 치던 중에 세상 속에서 의미 있는 존재로 자리매김할 수 있는 완전한 사람이 되기 위하여 어여쁘고 지혜로운 여인을 만나 인생의 도약을 할 수 있었던 것이다.

8.
그 여자의 남자, 그 남자의 여자 2

결혼 10주년 기념 리마인드 웨딩 촬영을 하다.

됐나? 됐다!

경상도 영양 산골 출신인 나와 경상도 부산 출신인 그녀가 만나 81일 만에 결혼식을 올렸으니 '됐나? 됐다!'라는 경상도 사람 성정을 유감없이 발휘한 것이라고 할 수 있을 것 같다. 집안 모든 어른들께 인사도 드리고 두 믿음의 어머니께도 인사를 드렸는데, 모두 참 좋아하셨다. 그래서 쇠뿔도 단김에 빼라는 말이 있듯이 우리는 1996년 1월 30일에 결혼식을 올리기로 약조를 하였다.

문제는 결혼비용이었다. 난 돈이 정말 한 푼도 없었다. 그래서 내가 고민을 하고 있는데 그녀가 말했다.

"전도사님, 걱정하지 마세요. 저는 전도사님이 뭘 가져서 택한 것이 아니라 전도사님 꿈을 함께 꾸고 싶어 결혼하는 것이니까 저는 아무것도 바라지 않아요."

그녀는 그렇게 말했었다.

믿음의 어머니 김영숙 전도사는 신부를 위해 예물을 해 주셨고, 형과 형수는 예복을 해 주셨고, 믿음의 어머니 김수경 권사는 새문안교회에서 모든 결혼예식을 주관해 주셨다. 장인 장모는 우리 부부가 살 방을 얻어 주셨다. 가재도구는 아내가 중고매장에 가서 장만하였는데, 백 몇십만 원 들었다고 했었다. 나는 그냥 무기력하게 멍하니 있었다. 아니 나는 속으로 자학했었다. '이 해삼, 멍게, 말미잘 같은 인간 같으니라구…' 라고.

1996년 1월 30일, 그날은 진짜 지독히도 추웠지만, 새문안교회 성전이 가득찰 정도로 정말 많은 분들이 오셔서 우리들의 결혼식을 축하해 주셨다. 드디어 나는 그렇게 장가를 갔었던 것이다!

국수? 국시?

신혼 첫해 12월 동짓날이었다. 교회에서 퇴근하여 집에 가니 나의 어여쁜 신부가 나를 위해 팥죽을 쑤어 놓고 기다리고 있었다. 나는 참 기뻤다. 속으로 '역시 인생은 살 만한 거야.' 하면서 팥죽을 한 숟가락 떠먹었는데, 순간 뱉어 낼 뻔했다. 나는 억지로 삼킨 다음에 발칙하고 무엄하게도 톡 쏘아붙였다.

"아니, 팥죽이 왜 이리 달어? 그리고 팥죽에 웬 국수야? 세상에 무슨 팥죽이 이래?"라고 했다. 순간 그녀의 표정이 싸늘하게 변하면서 말했다.

아내가 내 얼굴을 빤히 쳐다보면서 말했다.

"맛없어? 이게 팥죽이 아니고 뭐야?"

나는 버벅거리면서 받아쳤다.

"팥죽엔 구 구 국수를 넣는 게 아니라 찹쌀 새 새 새알이 들어가야 하고… 그리고 팥죽엔 서 서 설탕을 넣는 게 아니라 소 소금으로 간을 해야 하고 어쩌고저쩌고… 버벅~ 버벅~."

아 그렇게 말하는데, 그녀가 돌아앉아 울기 시작했다.

한마디로 '국수냐? 국시냐?'를 가지고 툭탁거렸던 것이다. 난 국수는 밀가루로 만들고 국시는 밀가리로 만들며, 밀가루는 봉지에 담고 밀가리는 봉다리에 담는다는 것을 몰랐던 것이다. 아무튼, 난 그날 식겁했고, 그 일로 인해 며칠 동안 고생을 좀 해야 했다.

딱히 과학적이라고 할 수는 없겠지만, B형 남자는 성격이 오만하고 이기적이고 지랄 맞다고 한다. A형은 소심하고 세심하고 지랄 맞다고 한다. B형 남자와 A형 여자가 만나 한 가정을 이루어 살다 보면 성격 차이가 왜 없을 것이며, 살아온 삶의 환경과 문화의 차이에서 오는 갈등이 왜 없겠는가? 더구나 우리는 서로를 충분히 알고 이해하기도 전에 결혼부터 했으니 얼마든지 툭탁거릴 요소가 많았을 것이다.

그런데 지난 시절을 돌아보면, 나의 오만함에서 비롯되는 단점은 아내의 소심함으로 극복이 되었고 나의 이기적인 특성은 아내의 세심함으로 극복이 되었다. 그런데 나도 지랄 맞는 구석이 있고 아내도 지랄 맞는 구석이 있는지라 국수냐 국시냐를 놓고 가끔 툭탁거리기도 했었다.

그런데 결혼 25년 차가 되니까 아내는 더 이상 나를 무서워하지 않는다. 아니 내가 아내를 무서워한다. 결혼 십 수년 차까지는 내가 눈을 치켜뜨면 먹혀들었는데, 20년 차에 들어서고 나서부터는 내가 눈을 치켜떠도 먹혀들지 않는다. 언젠가 친구를 만나 그 얘기를 했더니 친구는 씨익 웃으면서 "아직도 눈을 치켜떠? 나는 눈을 내리깔고 산지 꽤 오래됐는데…" 하더라. 나는 그 소리를 듣고 위로가 많이 되었다.

어디 그뿐인가? 요즘 나는 아내에게 이틀에 한번 꼴로 야단맞는다. 뭘 자꾸 흘리고 다니기 때문이다. 나는 벌써 치매기가 있나 싶어 은근히 염려가 되었다. 그러던 중 역시 친구를 만났을 때 아내에게 자주 야단을 맞는다고 하니까, 친구는 또 씨익 웃으면서 말하기를 "나도 그래."라고 하였다. 그 말도 왜 그리 위로가 되든지.

암튼, 결혼을 하니 세상을 다 얻은 것 같았다. 나는 엄마 아빠라는 말을 배우기도 전부터 큰집에서 얹혀살아야 했었고, 청소년 시절부터 사회에 진출하여 공장 생활을 해야 했었고, 청년 초입에 감빵 생활을 해야 했었고, 신학교에 들어가서는 내리 7년 동안 기숙사 생활을 해야 했었다. 그런데 초라하고 누추하였을지라도 이쁜 색시와 함께 가정을 꾸려 사니까 너무나 행복했다. 더 이상 말을 해서 무엇하랴!

결혼 후, 5년의 세월…

　나는 결혼과 더불어 신대원을 졸업한 후에 당시 박병창 목사께서 시무하고 계셨던 동암교회 전임전도사로 사역을 하였다. 물론 그 이전부터 중고등부 전도사로 섬겼는데, 졸업을 하면서 전임 사역을 하게 되었고, 교회에서는 신혼이었던 우리 부부에게 과분한 사택을 제공해 주시면서 많은 사랑을 베풀어 주었다. 그런데 그 해가 저물어 갈 무렵 교회 개척에 대한 열망이 생기기 시작했다.

　신학교 시절로 잠깐 돌아가 보자. 나는 신학교 시절, 주로 서울 강남구와 서초구에서 교육전도사 생활을 했었다. 그런데 강남에서 몇 년 사역을 하다 보니까 그만 내 정신이 타락(?)하기 시작했다. 나의 근본이 컨츄리 꼬꼬에다가 삼팔따라지 인생에다가 거기에 더하여 빵잽이 출신인 것을 잊어버리고 내가 마치 본래부터 강남 태생인 줄 착각하게 되어 '난 딱 강남스타일이야.' 이런 생각을 하게 되었던 것이다.

　게다가 신대원을 다니던 중에 신학 원서도 번역해서 내고 청소년 설교집도 내다 보니 주변에선 "내가 분명 유학도 갈 것이고, 유학 후에는 신학교 교수를 하든지 아니면 큰 교회로부터 청빙을 받아 목회도 잘 할 거야." 이런 소리도 듣게 되니 그만 우쭐해졌던 것 같다.

그렇게 교만한 생각이 신대원 졸업학기 때 결혼 문제를 위해 3일 금식기도를 하면서 깨졌다. 하나님은 나의 결혼을 위한 시위(?)에는 침묵하시면서 내 마음속에 또아리를 틀고 있던 교만한 야망을 건드셨다. '니가 강남스타일이라구? 어이구야~ 지나가는 소가 웃겠다. 니는 삼팔따라지 인생 아님? 정신 차려 이눔아~! 니가 교도소에서 나에게 울며불며 뭐라고 기도했니?'

사실, 그때 나는 결혼에 대한 절박한 마음 때문에 금식기도를 했었지만, 여호와를 기뻐하라는 말씀을 묵상하고 내 구주 예수를 더욱 사랑하라는 찬송을 부르는 가운데 나의 결혼 문제에 관해 '하나님, 마 알아서 하이소 마!' 하는 심정이 되었었다. 그러나 하나님의 질책에 대해서는 '하나님, 죄송해요. 정신 차릴게요.' 하면서 하나님께 백기투항을 했었다. 그런데 이제 꿈같은 신혼이 1년도 안 되었는데 개척에 대한 열망이 속에서부터 이글이글 끓어오르는 것이었다.

그래서 나는 또 하나님께 대들었다.

"하나님 도대체 왜 이러십니까? 나 신혼이라구요. 저 이쁜 신부랑 좀 재미있게 살다가 하면 안 되나요? 그리고 내 인생에 언제 이런 집에서 살아 본 적 있나요? 늘 춥고 배고프게 살아왔잖아요. 게다가 교도소에서 몇 년 동안 춥고 배고프게 산 거 하나님도 아시잖아요? 내가 신학교 기숙사에서 7년 동안이나 살면서 얼마나 비참했는지 아세요? 방학 때 기숙사 문 닫는 시기가 있는데, 내가 몰래 숨어 들어가 잔 적도 많고 밥도 굶기도 한 거 아시잖아요? 내 인생에 지금처럼 좋은 시절이 없는데 그것조차 내려놓고 개척하라구요? 하나님 너무 잔인하신 거 아니에요?" 블라블라~….

그런데 하나님은 또 또 침묵하셨다. 하나님은 꼭 중요한 순간에 침묵하셨다. 하나님이 침묵하시는 순간에는 정말 속이 뭉개지는 것 같았다. 결국, 나는 다시 "아 알았다구요, 알았다구요." 하면서 하나님께 백기 투항할 수밖에 없었다. 그러면서 내 눈에서 뜨거운 눈물이 흘러내렸었다. 솔직히, 그때 내가 흘렸던 눈물은 남들 다 누리는 신혼의 즐거움을 누리지 못하는 것 같아 억울해서 흘린 눈물이기도 했던 것 같다.

아내에게 교회 개척을 하자고 말했다. 그녀는 말이 없었다. 그녀는 한참 후에 말했다.
"저도 기도할 시간을 좀 주세요."
한 달 후에 그녀는 눈에 눈물이 그렁그렁해져서 말했다.
"하나님이 응답해 주셨어요. 우리 개척해요."
그러면서 막 울었다.

아내의 말을 듣고서 나는 좌절했었고 절망했었다. 나는 그녀가 교회 개척에 대한 응답을 못 받기를 간절히 원했었다. 그녀가 "난 응답 못 받았어요." 하면 나는 얼씨구나 하면서 "하나님, 거봐요." 하면서 지금의 행복을 마음껏 향유하려고 했었다.

사실, 목사의 마음과 사모의 마음이 하나가 되지 못하면 답이 나오지 않는다. 실제로 목사와 사모의 마음이 하나가 되지 못해 불행하게 사는 목회자 부부들도 있고, 갈라서는 경우도 있다. 특히, 교회 개척의 길은 정말 부부가 함께 헌신하지 않으면 갈 수 없는 길이다. 남편 목사가 아무리 교회 개척에 대한 사명을 받았을지라도 사모인 아내의 마음이 남편 목사의 마음과 같지 않으면 교회 개척은 힘들다.

아 아 잊으랴, 우리 어찌 그날을…

1997년 3월 2일, 우리 새내기 부부는 남양주시 진접읍의 허름한 조립식 건물 2층에 살렘교회를 설립했다. 교인은 아무도 없었다. 나는 그녀를 혼자 앉혀 두고 아주 씩씩하게 설교를 했다. 그녀는 내가 설교를 하고 나면, 엄지척하면서 "최고~ 최고~." 해 주었다.

그해 12월, IMF 사태가 터졌다. IMF가 터지기 전에는 보일러 기름 한 드럼이 8만 원쯤 했는데, IMF 이후 한 드럼에 14만 원까지 올라갔던 것 같다. 월세도 내기 힘들었던 시절이라 기름을 사기 힘들었다. 건물이 너무 허술하여 벽과 벽 사이로 칼바람이 들어오고, 숨을 쉬면 허연 입김이 뿜어져 나왔다. 우리 부부는 서로 꼭 끌어안고 추위를 녹이며 잘 수밖에 없었다.

그 와중에 교인도 몇 명 생겼다. 다음해엔 읍내 장현리에 조그만 상가건물을 얻어 이전했다. 우리 부부가 교회를 개척하고 나자 믿음의 어머니 김수경 권사와 함께 기도하시는 분들과 새문안교회 제3남선교회,

백봉교회 권사회에서 우리 교회에 많은 사랑을 베풀어 주셨지만, 밑 빠진 독에 물 붓기였다.

그런데 교회를 개척했던 1997년에는 목사되기 전 반드시 거쳐야 되는 가장 어려운 관문이었던 강도사 고시에 보기 좋게 낙방을 했다. 그 다음해에 또 낙방을 했다. 내가 고입, 대입검정고시를 1년 만에 다 붙어 버리고, 총신대학교 신학과에 3수해서 들어오는 학생도 있었는데 나는 한 번 만에 합격했었고, 신대원도 한 번 만에 합격했었다. 그런데 목사가 되는 마지막 관문에서 내리 두 번씩이나 떨어지니 참으로 창피스러웠고 당황스러웠다. 그 와중에도 교인들이 하나 둘 늘었다.

아들딸 태어나다, 만세!

1999년 5월 10일에 아들이 태어났다. 당시 교회 구석에 방 하나 만들어 놓고 생활하던 때였는데, 아들이 태어난 것이다. 당시 아기에게는 너무나 열악한 환경이었다. 그게 지금도 내 가슴에 한으로 남아 있다.

그때 우리 부부는 5층 건물 중 4층에 살았는데, 장마철이 되면 빗물이 많이 떨어졌다. 아들이 생후 2개월 조금 넘은 7월 어느 날 비가 억수같이 쏟아졌는데, 새벽에 축축해서 일어나 보니 바닥에 물이 흥건했고 아들은 물바닥에서 버둥거리고 있었다. 교회와 사택이 상가건물이기에 바닥 보일러 시공이 되어 있지 않아서 사택 공간에 전기온돌 판넬을 설치해 놨었다. 여름이라서 콘센트에서 플러그를 빼놓았기에 망정이지 만약 그렇지 않다면 감전사고가 날 수 있었다. 그때 내 마음을 채웠던 비참한 생각은 말로 다 표현할 수가 없다.

교회 개척 3년차가 되었을 무렵, 교회 근처에 새로 건축한 아파트 입주가 시작되었다. 우리 부부는 아기를 유모차에 태워 그 아파트 주변

2000년 4월, 아들 생후 11개월 무렵 팔당호에서

을 거닐면서 입주한 주민이 울 교회에 나오기를 간절히 기도했었다. 그렇게 아파트 주변을 거닐다가 인테리어 모델하우스에 들어가 보게 되었는데 아늑하고 예쁘게 단장된 집이 너무 부러웠다.

그 아파트를 나와 교회로 돌아오던 중에 아내가 이렇게 말했다.
"여보, 우리도 저런 아파트에 살게 될 날이 오겠지?"
난 퉁명스럽게 대답했다.
"꿈도 야무지다."
적어도 내 생각엔 그것은 이루어질 수 없는 꿈이라고 생각했었다. 당시 나는 교회를 개척한 지 몇 년도 되지 않았는데 벌써부터 진이 빠져가고 있었기 때문이었다.

그런데 진짜 그 아파트에 들어가 살게 되었다. 인테리어 모델하우스였던 그 집에 입주하여 살던 서울의 어느 교회 젊은 여집사님이 홀로 어린 딸을 데리고 살면서 간간히 우리 교회 수요예배와 금요기도회에 나왔었는데, 사정상 뉴질랜드로 이민을 가게 되었다고 하면서 우리 부부에게 은행 대출이자만 내고 살라고 하였다.

아내는 너무 행복해했다. 그 집에 입주하여 살면서 둘째인 딸이 태어났다. 너무 좋았다. 그냥 마구 웃음이 터져 나왔다. 몇 달 뒤, 내가 딸을 안고 있는데 딸이 인상을 쓰더니만 내 손에 똥을 쌌다. 그런데 딸이 싼 그 노란 똥의 냄새도 너무 좋았고 예뻤다. 참 행복했었다. 하나님이 우리 부부를 너무너무 사랑하시는 것 같았다.

2001년, 딸 생후 5개월 무렵 아침고요수목원에서

9.
그 여자의 남자, 그 남자의 여자 3

결혼 15주년 기념 리마인드 웨딩 촬영을 하다.

무식하면 담대해진다?

　변두리 외곽 지역에서 개척교회를 하고 있는 가난한 목사가 주변의 도움으로 교회 설립 20주년 기념 태국여행을 하게 되었다. 코끼리 쇼를 하고 있는 곳에 가게 되었는데, 진행자가 "여기 있는 코끼리를 울리는 사람에게 이 코끼리를 주겠소!"라고 하였다. 많은 사람들이 시도했지만, 코끼리는 눈만 멀뚱멀뚱할 뿐이었다. 마지막으로 그 목사가 나서서 코끼리에게 뭐라고 뭐라고 했더니 갑자기 코끼리가 털썩 주저앉더니 닭똥 같은 눈물을 뚝뚝 흘리더란다.

　쇼 진행자가 당황을 해서 코끼리의 눈물을 멈추게 하려고 갖은 노력을 다했지만, 코끼리는 눈물을 멈추기는커녕 꺼이꺼이 울었단다. 목사가 코끼리를 몰고 나오는데 어떤 사람이 "아니 대체 무슨 말을 했길래 코끼리가 그렇게 서럽게 울어요?" 하고 물었단다. 그 목사가 말하기를, "뭐 별 말 안 했어요. 그냥 개척교회 이야기 좀 해 줬더니 코끼리가 그만 울어 버리네요."

다음 날, 여전히 코끼리 쇼가 열렸고, 그 목사도 또 거기에 갔다. 목사를 본 진행자는 서서히 얼굴이 일그러지더니 어제보다 더 큰 소리로 "오늘은 이 코끼리가 앞발 뒷발을 다 들게 하는 사람에게 이 코끼리를 주겠소!"라고 했다. 그러자 많은 사람들이 도전하였지만 아무도 성공하지 못했다.

마지막으로 그 목사가 다시 코끼리에게 다가가서 코끼리 귀에 대고 짧게 한마디 했다. 그러자 코끼리가 비명을 지르면서 나자빠지더니 공중으로 앞발 뒷발을 다 들어 버렸다. 쇼 진행자는 얼굴이 붉으락푸르락해져서 코끼리를 목사에게 넘겨주었다. 사람들은 또 "우와~!" 하고 함성을 지르면서 목사를 부러워했는데, 그중에 한 사람이 또 물었다. "아니 어제보다 훨씬 짧게 말하는 것 같던데 대체 뭐라고 했소?" 그러자 목사가 말하기를 "너 나랑 교회 개척할래?"

'무식하면 담대해진다.'는 말이 있는데, 딱 나보고 하는 소리다. 나는 예수님을 믿고 사흘 만에 목사가 되겠다고 서원했다. 목사의 삶이 어떠한지도 모르고 말이다. 신대원 졸업한 지 1년 만에 개척교회 사정을 모르고 교회를 개척했다. 그리고 보니 결혼도 지금의 아내를 잘 모른 체 결혼했기에 아내를 많이 힘들게 했던 것 같다.

그 와중에 내가 얻은 답이 있다. 사람이 지식이 너무 많고 생각이 너무 많으면 그 지식과 그 생각 때문에 될 일도 안 되고, 이룰 일도 못 이룬다고. 실제로 나는 이리저리 재느라고 때를 놓치고 복을 놓치고, 오히려 삶의 형편이 더 구차하게 되는 사람들을 많이 봤다.

물론 많이 배워 많이 알고, 깊이 생각하고, 신중하게 행동하는 것도 중요할 것이다. 그러나 하나님께서 부르셨을 때 너무 깊이 생각하면, 자기의 생각을 하나님의 뜻이라고 착각하기 쉽다. 그래서 불순종하기 쉽다. 또한 너무 신중하게 생각하다 보면, 오히려 내가 하나님의 역사를 성취하는 데 있어 방해꾼이 될 수도 있다. 내 경험상, 신앙은 단순해야 하며, 순종은 빨라야 하며, 결과는 하나님께 내어 맡겨 드려야 한다고 생각한다.

나쁜 남자? 나쁜 남자!

우리 부부의 결혼 연수나 교회의 연수는 1년 차이로서 나이를 같이 먹어 간다. 앞에서는 결혼 시점부터 5년, 교회 설립 시점부터 4년까지의 세월을 뒤돌아봤는데, 자료를 정리하던 중에 아내가 써 놓았던 글들을 읽어 보게 되었다. 그 글을 읽으면서 난 전형적인 경상도 사나이 생활습성이 몸에 배어 있었다는 것을 알 수 있었다.

또 혼자서 코뿔소처럼 시련을 헤치고 살아오면서 형성된 나의 세계와 살아남기 위해 빨리 판단하고 결정하고 저돌적으로 밀어붙이는 무대뽀 스타일이 몸에 배어 있었다. 물론 나의 그러한 특성이 오늘의 내가 있게 하는데 큰 도움이 되기도 했지만, 가냘픈 여인에게 있어서는 '나쁜 남자'였을 것이다. 그런데 사실 나는 곰살맞은 구석이 많은 남자이다. 집에서 아내가 나에게 애교를 부리는 것보다 내가 아내에게 애교를 더 많이 부린다. 진짜다.

암튼, 우리 부부가 살아가는 시시콜콜한 이야기에 누가 관심이나 있겠는가마는, 분명한 것은 내가 아내에게 너무나 무거운 짐을 지웠었구나. 너무 오이지 즉, 오만하고 이기적이고 지랄 맞게 살았구나 싶었다. 그럼에도 불구하고 잘 견뎌 주었구나, 참 고맙구나 하는 생각이 들었다.

사실, 나는 아내를 지극정성으로 섬겨도 부족할 판이었다. 나 같은 남자가 꾼 꿈을 사 주어 나의 여인이 되어 주고, 무식하고 독한 신랑이 개척하겠다니까 신혼부부가 누릴 로맨틱한 삶도 포기하면서까지 따라와 주고, 소박한 행복을 누릴 그 즈음에 교회를 건축한답시고 날뛰는 철없는 남편을 응원해 주고… 이 정도쯤 되면, 내가 아내를 매일 업어 줘야 할 것 아닌가!

그런데 오만하고 이기적이고 지랄 맞게도 나는 아내에게 성질을 부려 댔었다. 교인의 어린 자녀가 예배 시간에 칭얼대거나 산만하게 왔다 갔다 하면 '어이구~ 그놈 참 구김살이 없네.' 하고 칭찬하다가도 내 아이들이 예배 시간에 칭얼대면 아내에게 눈에 힘을 주면서 레이저를 마구마구 발사했었다. 그뿐인가, 아내는 상가교회 시절에도 임신한 몸으로 또는 애기를 업고 집안 청소를 하고 교회 청소를 해야만 했다.

오이지 신랑을 섬기느라고 등골이 빠질 지경인데 교회 건축 후엔 상가교회보다 몇 배나 큰 교회를 청소하고 두 아이를 챙기고 신랑을 챙겨야 했다. 나는 기도한답시고, 설교 준비한답시고, 이걸 한답시고, 저걸 한답시고… 지금 생각해 보면 정말 나는 나쁜 남자였다.

돌이켜보면, 다른 목사들은 그렇지 않지만, 나는 목사직을 수행한답시고 진짜 이기적으로 살아온 것 같다. 인간으로서, 남편으로서, 아빠로서 마땅히 해야 할 일조차 목회를 핑계로 나 몰라라 할 때가 많았다. 이제야 철이 좀 드는지 모르겠지만, 목사가 되기 전에 먼저 인간이 되어야 할 것 같다. 이것은 나의 경우에 해당되는 말이다.

결혼 10주년 리마인드 웨딩 촬영

　그렇게 결혼 10년차, 교회 개척 9년차가 되었을 때, 내가 서서히 남양주에서 부각되기 시작했다. 남들보다 먼저 아이들 공부방을 시작한 연유로 사회복지사도 아니면서 남양주시의 사회복지 전반을 아우르는 지역사회복지협의체라는 대조직의 실무위원장이 되어 오지랖 넓은 활동을 하게 되었다. 지자체의 복지사업 관련 공공 영역과 민간 영역 전체를 아울러야 할 정도로 너무 방대한 일이었기에 몸이 두 개라도 부족할 지경이어서 허구헌날 밤을 꼬박 샐 수밖에 없었다. 그러니 아내의 짐은 더 무거워질 수밖에 없었다.

　그런 와중에 결혼 10주년이 되었을 때, 아내가 리마인드 웨딩 촬영 티켓을 얻었다면서 가족사진을 찍으러 가자고 했다. 그때의 내 심정은 도살장에 끌려가는 소와 같은 심정이었다.

　나는 가정의 단란함을 모르고 자랐다. 물론 큰댁이라는 울타리에서 큰아버지와 큰어머니 그리고 사촌 형제들과 친인척이라는 대집단 안

결혼 10주년을 맞이한 우리 가족의 모습

에서 어린 시절을 보냈지만, 내 아버지, 내 어머니, 내 형제들의 부재에서 오는 아픔이 컸었다. 또 너무 어린 나이에 혼자서 사회생활을 하다보니 가정에서 가족 간 밀고 당기는 삶, 즉 밀당의 미학을 잘 몰랐었다. 그럼에도 불구하고 나에게는 강렬한 열망이 있었다. 스위트 홈, 바로 행복한 가정에 대한 열망이었다.

앞에서 나는 '콤플렉스의 화신'이라고 했었다. 그러면서 콤플렉스는 나를 무너뜨리는 에너지가 아니라, 나로 하여금 더 성장하고 더 성숙해지게 하는 에너지라고 했었다. 그래서 공장에서 말단 공원 생활을 할 때도, 교도소에 재소자 생활을 할 때도, 공부를 할 때도, 목사가 되어 목회 사역을 할 때도, 사회복지 사역을 할 때도 있는 열심, 없는 열심을 다 내면서 살아왔다.

나의 삶을 돌아보면, 나의 삶의 열정이 신앙에서 오는 열정만은 아니었던 것 같다. 나의 내면적 콤플렉스를 이겨 먹고 싶은 인간적 열정이 많이 포함된 것 같고, 또 세상 사람들에게 이렇게 흠 많고 허물 많은 인간도 잘 살 수 있다는 것을 보여 주고 싶은 욕구도 많았던 것 같다.

하나님이 허락하신 가정도 정말 행복한 가정을 일구고 싶었다. 물론 나의 그러한 열정이 오히려 가족을 더 힘들게 할 수도 있다는 것을 잘 안다. 실제로 자수성가형 가장이 가족의 행복을 위한다고 하면서 정작 가족들을 불행하게 한 사례가 많이 있다. 나도 행복한 가정에 대한 열망이 강하다 보니 자칫 아내나 아이들이 내 생각대로 내 뜻대로 따라와 주기를 바라다 보면, 도리어 나의 가족들은 나 때문에 불행해질 수 있을 것이다.

하지만 현재 아내나 아이들을 보면, 나 때문에 힘들 수도 있었겠지만, 그래도 현재 평화를 누리고 있으니까 내가 비교적 나름대로 완급조절을 잘해 왔다고 할 수 있지 않나 싶다. 아, 그게 아니구나. B형 오이지 남편을 잘 따라 준 아내 덕, 아빠를 잘 따라 준 아이들 덕분이구나. 그렇구나. 이렇게 말하면, '무슨 목사가 자기 가정만 챙기냐? 이 양반 불량감자 목사네.'라고 할 수도 있을 것이다. 그렇게 힐난해도 어쩔 수 없다.

목사와 사모에 관한 웃픈 이야기가 있다. 목사가 살이 쪘으면 먹는 것만 밝혀서 돼지같이 살만 뒤룩뒤룩 쪘다고 하고, 날씬하면 빈티 나보인다고 한다. 목사가 설교를 할 때 우렁우렁한 목소리로 설교를 하면, 머리에 든 게 없어 소리만 지른다고 한다. 설교를 부드러운 목소리로 조단조단 하면, 목사가 박력이 없다고 한다.

심방 갈 때 사모를 데리고 가지 않으면 목사 가정이 화목하지 않은 것 같다고 하고, 사모를 데리고 가면 목사가 사모 치마폭에 쌓여 산다고 한다. 사모가 화장을 하면 야하다고 하고, 화장을 하지 않으면 게으르다고 한다. 옷을 좀 차려입으면 사치스럽다고 하고, 소박하게 입으면 촌스러워 보인다고 한다.

사실, 난 옛날엔 내가 지구를 구할 능력이 있다고 생각했었다. 교회 부흥시키는 것은 쉬울 것이라고 생각했었다. 그러나 지금은 내 가정이라도 잘 건사하고, 그래서 나의 대에서 불운한 가정의 사슬을 끊어 버리고 내 자식들의 대에 가서는 보다 안정적인 신앙 가문이 된다면, 아마도 나중에 하나님께 갔을 때 '김 목사, 수고 많았다.'라고 말씀해 주시지 않을까 싶다.

결혼을 하고 난 후, 나는 신부를 시골의 아버지 산소에 데리고 갔었다. 나는 초라한 아버지 무덤 앞에 서서 속으로 말했다.
"아부지, 아부지. 이 여자가 아부지 며느립니더. 나는 이 여자와 함께 행복하게 살낍니더. 나는 아부지처럼 무책임하게 살지 않을 겁니더. 두고 보이소~."
그렇게 말하는 내 눈에선 뜨거운 눈물이 흘러내렸다.

십여 년의 세월이 흐른 후에는 어린 아들과 딸을 데리고 아버지 산소엘 갔다. 또 말했다. "아부지, 아부지. 이 아이들이 아부지 손주들입니더. 나는 아부지처럼 내 아이들을 홀로 내버려 두고 죽지 않을 겁니더. 아부지는 내가 한 살이었을 때 나를 버리고 떠나셨지만, 나는 지금 내 아이들이 이마만큼 클 동안 이렇게 시퍼렇게 살아 있습니더. 그리고 계속 내 아이들의 울타리가 되어 줄 겁니더. 이만하면 내가 아부지보다 낫지 않습니꺼~."

눈물이, 눈물이 하염없이 흘러내렸다.

도살장에 끌려가는 소처럼 아내 뒤를 따라가 촬영한 결혼 10주년 리마인드 웨딩 사진을 보니 너무 뿌듯했다. 신산한 현실이 주는 아픔과 고통이 봄눈 녹듯 사라지는 것 같았다. 그러면서 불운한 가정사는 내 대에서 끊어 버리고 하나님 안에서 스위트 홈을 만들고야 말리라 다짐하고 또 다짐을 했었다. 비록 오이지 김동문이라 할지라도!

이 글을 쓴 다음 날 밤, 잠들기 전에 아내가 게슴츠레한 눈으로 "당신은 내가 그리 조으노?"라고 하였다. 나는 속으로 '이 여자가 무슨 수작이야?' 하면서 "무슨 말이고?" 했더니 아내가 하는 말이, 어젯밤에 내가 잠결에 아내 가슴에 얼굴을 묻고는 "여보, 사랑해~." 이러더란다. 그러면서 하는 말이 "어제 그 말, 진심이 아니고 그냥 잠꼬대 한 거지?" 하며 빤히 쳐다보더라.

나는 속으로 '아니 내가 그런 치명적인 실수를….' 했지만 빙긋이 웃으면서 "잠결에 했으니 그게 진심이지. 잠결에 실수로 말하는 사람 있남?" 했더니 아내가 배시시 웃으면서 나를 안아 주었더랬다. 그날 이후 나는 잠꼬대하지 않으려고 많이 노력하고 있다.

10.
내 이름은 팔불출, 팔불출이라 불러다오!

결혼 20주년 기념 리마인드 웨딩 촬영을 하다.

사실로서의 역사(historie)를 넘어
의미 있는 역사(geschichte)를 위해

  나는 인생사를 쓰던 중에 딜레마에 빠지게 되었다. 내 속에서 '니 글을 읽은 사람들이 피드백을 보이니 재미 들렸냐?'라는 질문이 내 마음속에 일어났고, 또 사실에 기반을 둔 진실한 글쓰기가 점점 어려워짐을 느꼈기 때문이다. 쉽게 말해서 어느새 나도 모르게 포장을 하고 싶은 욕망이 스물스물 올라오는 것을 느꼈기 때문이다. 그래서 밤을 꼬박 새워 쓴 글에 대해 과감하게 삭제 키를 눌러 버리기도 했었다. 나를 미화시키고 싶어 하는, 억지로 '좋은 의미'를 만들어 내고자 하는 욕망을 가진 내가 너무 싫었기 때문이다.

  독일어 히스토리에(historie)는 연대에 따라 사건을 객관적으로 기술해 놓은 역사, 즉 '사실로서의 역사'를 기술하는 것이고, 게시히테(geschichte)는 역사적 사실에는 의미가 있다고 하면서 그 의미를 찾아내는 '의미로서의 역사'를 기술하는 것이라고 한다.

  따라서, 나는 나의 인생 변천사를 기록하는 것을 통해 우주 속의 지구 속 대한민국의 지극히 작은 점 하나에 불과한 김동문의 히스토리에와 게시히테의 역사를 돌아보면서 오늘날의 나를 있게 하신 우리 주님을 위하여 날마다 발전하는 히스토리에와 게시히테의 역사를 쓰고 싶다. 그런 마음으로 주저리주저리 나의 역사를 써내려가던 중에 '사실에 기반을 둔 진실한 글쓰기'가 얼마나 어려운지 절실하게 느끼게 된다.

결혼 10주년에서 20주년,
김동문 유명(famous or notorious)해지다

　나이 오십이 넘은 목사들에게 묻지 말아야 할 질문 두 가지가 있다. 자식에 대한 질문과 교인이 몇 명이 되느냐는 질문이다. 이유는 목회자 가정의 자녀들이 성장과정에서 너무 많은 스트레스를 받아 곁길로 새는 사례가 많고, 한국 교회 80% 이상이 자립에 이르지 못할 정도로 규모가 영세하기 때문이다. 누가 만약 목사 속 터져 죽게 하려거든 이 두 질문을 자주하고, 그렇지 않고 어려움 가운데도 변함없이 그 자리를 지켜 주기 원하거든 위로의 말 한 마디, 격려의 말 한 마디라도 해 주어야 한다.

　아내의 소원 중에 하나는 결혼 이후 매 5년마다 리마인드 웨딩 사진을 찍는 것이었다고 한다. 그런데 10주년이 되기까지는 삶이 너무 고달파 그냥 지나쳤고, 10주년 이후부터는 매 5년마다 사진을 찍었다. 10주년, 15주년, 20주년 기념으로 찍은 리마인드 웨딩 사진을 보니 우리 가족이 건강하고 평안하고 행복한 가정으로 우뚝 서 가고 있는 것이 느껴져서 저절로 "하나님, 감사합니다. 참 감사합니다!" 하는 고백이 나왔다.

결혼 10주년에서 20주년 그 사이에 나는 소위 남양주에서 꽤 유명 인사로 살았다. 긍정적 의미에서 유명(famous)하기도 했다. 반면에, 남양주에서 힘 좀 꽤나 쓰는 사람들(정치인, 공무원)과 그 수하의 사람들 사이에는 강성이라는 부정적인 의미에서 유명(notorious)하기도 했다. 내가 아직 철이 덜 들었기 때문에 부리는 객기인지는 모르겠으나, 누군가 자신이 가진 힘을 가지고 부당한 플레이를 한다고 생각하면 겁없이 대들기도 하였기 때문이다. 그러나 약하고 상하고 아픈 사람에게 도움을 주어야 할 때는 할 수 있는 대로 '플러스 알파'의 정성을 보여 주려고 노력했다. 그 기질이 어디 가겠는가? 앞으로도 그런 성정은 못 고칠 것 같고, 그래서 미운털 고운털 골고루 박히지 않을까 싶다.

아무튼, 그렇게 결혼 15주년이 되었을 때 나는 점점 폼이 나기 시작했다. 반면에 그런 남편을 뒷바라지해야 하는 아내의 수고는 더 많아졌다. 아이들은 아빠가 교회와 가정에 직접적으로 도움이 안 되는 일에 정신이 팔려 있으니 "우리 아빠 맞아?" 하고 고개를 갸우뚱거릴 때도 있었다.

푸른 지혜의 숲 펜션에서 로맨틱한 모습을 연출하다.
촬영-김준택 작가

남편과 아빠: 좋거나 나쁘거나 이상하거나

아마도 나를 멀찍이서 아는 사람들은 내가 참으로 가정적이고 어지간히도 자기 가족을 챙기는 목사라고 생각할 것이다. 반은 맞고 반은 틀리다. 가정적이 되고 싶은 데, 집에서 피곤한 척, 아픈 척하며 아내를 잘 도와주지 않으면서 동네를 위한답시고, 남양주를 위한답시고 아내와 애들을 많이 부려먹었다.

아들이 여섯 살 때였던가, 동네 아이들을 위한 공부방을 하면서 컴퓨터를 여러 대 설치해 놓았었다. 그런데 아들은 동네 형들에게 치여서 자기가 하고 싶은 게임을 못할 때가 많았다. 그래서 감히 동네 형 보고 비키라고 요구했다가 그 형이 팔꿈치로 치는 바람에 아들이 쌍코피가 터진 일이 있었다. 목사 아들이 동네 아이에게 맞아 쌍코피가 터졌다? 어린 아들은 아마 그런 상황을 받아들이기 힘들었던 모양이다.

그 사건이 있고 난 후 한 달쯤 지났을 때였던가, 동네 아이들이 공부방에 올 때 아들이 교회 현관문을 막고 서서 양팔을 벌리고는 "씨~, 우

아들도 어린시절에는 영락없는 개구쟁이였다.

리 집에 들어오지마. 씩씩~." 그랬다. 난 그런 아들에게 강력 레이저 눈
빛을 쐈다. 그러나 속으로는 마음이 참 많이 아팠다. 아마도 나 같아도
아들처럼 행동했을 것 같다.

그러나 아들은 동네 아이들과 함께 공부도 하고, 장난도 치고, 운동
도 하며 건강하게 잘 지냈다. 당시 아이들이 축구를 좋아했는데, 나는
우리 공부방에 나오는 아이들을 위해 축구팀을 만들어 주었고, 또 지역
사회의 여러 공부방들도 축구팀을 만들게 하여 함께 경기도 하게 하였
다. 북경올림픽 이후, 아이들 사이에 야구 바람이 불자 야구팀도 만들
어 이곳저곳 다니면서 경기도 하게 하면서 아이들이 건강하게 자랄 수
있도록 도움도 주었다. 결국, 동네 아이들 좋으라고 한 일들이 내 아이
도 건강하게 자라는 기회가 되기도 했던 것이다.

"아빠, 제발 우리 가족끼리만 여행 가자!"

아들이 6학년, 딸이 4학년 때 여름이었다. 늘 하던 대로 공부방 아이들 여름캠프 겸 우리 가족 휴가 겸 겸사겸사 여름행사를 진행했다. 나는 그게 꿩 먹고 알 먹고, 마당 쓸고 돈 줍고, 애들 덕에 놀러가는 거라고 생각했었다. 그런데 딸이 정색을 하며 말했다. "아빠, 제발 우리 가족끼리만 여행 가자!" 그러면서 울먹울먹했다. 아들 녀석은 내가 뭐라 하는지 내 눈치만 보고 있었다.

나는 순간 머리가 띵했다. 그 짧은 말을 통해 아이들의 마음이 내 마음에 그대로 전달되었고, 내가 '좋은 일' 한답시고 아이들 마음을 너무 몰라주었구나 하는 생각이 들었다. 그래서 나는 씨익 웃으며 말했다. "알았어. 렛츠 고~~~!"

아이들을 데리고 서해바다로 갔다. 작은 낚싯배 한 척을 빌려 바다로 나간 다음 아이들에게 물었다. "됐냐? 봐봐~ 우리 가족밖에 없지? 하하하." 아들과 딸은 낚시에 고기가 걸리자 "까~!" 하며 즐거워하였다. 그날 선장 아저씨는 우리가 낚시로 갓 잡은 고기로 회도 떠 주시고 매운탕도 끓여 주었다. 참 좋았다.

이후, 나는 어떻게 하든지 일 년에 한두 번씩은 가족여행을 한다. 필리핀에 가족음악치료 선교여행도 다녀왔으며, 보라카이에 가서 쪽빛바다와 황금빛 백사장에서 힐링의 기쁨도 맛보았고, 최근에는 하와이로까지 날아가서 석양에 물드는 와이키키 해변도 걸어 보았고, 아들과 함께 폼나는 머스탱 스포츠카를 타고 흰머리를 날리며 하와이 해안가를 달려 보기도 했다. 그뿐인가? 아내와 둘이서 아프리카 우간다로까지 가서 우간다에 노인주간보호센터의 출발이 이루어지게 하고 부부가 나란히 적도도 밟아 보고 사파리 투어도 하고 완벽한 어둠에 잠긴 퀸엘리자베스 국립공원에서 깊고도 깊은 잠에 빠져 보는 기쁨도 누렸다.

2018. 1. 우간다 선교여행 중(사파리 투어)　　2018. 2. 하와이 가족여행 중(해변 드라이브)

2009년 경, 교회 테라스에서 우리 부부가 마주보는 모습
우리 부부는 같은 방향을 바라보면서 걸어왔지만, 서로 마주보는 것도 잊지 않고 있다.

나의 한(恨)이면서 소망, 스위트 홈!

내 안에 있는 한(恨)이면서 동시에 소망인 것이 있다. 그것은 바로 '스위트 홈'이다. 소년 시절에는 아버지 어머니 없는 설움이 너무 커서 밤에 얼마나 소리없이 울었는지 모른다. 내가 눈물에 약한 이유는 나 자신 뜨거운 눈물을 많이 쏟아 보았기 때문이다.

청소년 시절과 청년 초입에는 오히려 부모가 없는 것이 더 좋은 것 같았다. 왜냐하면, 내가 어린 나이 때부터 고고장과 나이트클럽을 드나들어도 아무도 간섭하지 않았으니까 말이다.

삼십대 시절에서 사십대 초반에는 나도 한 여인의 남편이 되고 두 아이의 아빠가 되니까 결연한 다짐을 하게 되었다. 아버지 산소를 찾아가 '나는 아버지 같은 남편이 안 되겠노라고, 나는 아버지 같은 아비가 되지 않겠노라.'고. 그러면서 이를 악물었었다.

사십대 중반이 되자 아버지와 어머니가 너무 보고 싶었다. 부모에 대한 그리움이 왈칵 밀려들었던 것이다. 그러면서 눈물도 많아졌다. 특히, 가족 드라마에서 조금이라도 슬픈 내용이 나오면 내 눈에선 어김없이 눈물이 주루룩 흘러내린다. 아이들은 그런 나를 보면서 "아빠 또 운다." 하며 키득거리고.

오십대가 되니 아내가 무서워지고 애들이 무서워졌다. 오십대 남편이 아내에게 매를 맞는 이유가 있단다. 아내가 밖에서 친구를 만나고 있는데 전화질을 해서는 "어디 있냐? 언제 들어오냐?"라고 물었기 때문이란다. 나는 그렇게 물어보는 오십대 남자의 마음을 잘 안다. 왜? 나도 그러니까….

내가 외출하면 아내는 나에게 전화를 잘 안 한다. 그러나 나는 내가 외출하든지 아내가 외출하든지 하여튼 세 시간을 넘기지 못하고 전화를 한다. 아내의 빈자리 공포증(?) 때문이다. 그러면 아내는 어떤 때는 짜증을 마구 낸다. 열심히 일하고 있는데 전화해서 깐죽거리니까. 내가 증상이 더 심해지면 주먹이 날아올지 모르니까 앞으론 각별히 조심해야 할 것 같다.

나는 목사이면서 사회복지사이고 음악치료사이다. 즉, 사람의 영적 정신적 신체적 필요를 채워 주는 사람인 것이다. 그래서 일반 목사와 달리 정말 다양한 사람들을 만나 왔다. 역기능 가정이나 가난한 가정에서 자라고 있는 아이들, 내적 상처를 가지고 있으면서도 겉으론 행복해하는 사람들, 행여 그 내적 상처가 들키면 신앙으로도 극복하지 못해 자신과 주변 사람들을 힘들게 하는 사람들, 다양한 사연들을 가진 암환자들, 다양한 진단명을 가진 정신질환자들, 치매환자들, 남녀 노숙인들, 그 외에도 심리적 신체적 장애를 가진 사람들을 만나 왔다.

신앙을 가지고서도 삶의 무게를 이기지 못해 정신과적 치료를 받고 있는 기독교인들, 약한 사람들을 도와주는 직업을 가졌거나 봉사자로 살지만 자신의 상처를 치유하지 못해 속으로 끙끙 앓고 있는 사람들, 업무 스트레스에 시달리는 전문가 그룹, 사람들에 치이고 생활에 치인 상한 목사와 사모들 등 다양한 직군의 다양한 사람들을 만나 왔다.

이렇게 다양하게 상하고 아픈 사람들을 만날 동안, 나는 전이와 역전이의 다이내믹한 상황을 온몸으로 경험했다. 그 와중에 내가 깨달은 것은 사람이 자기 한 몸 잘 건사시키고 자기 가정 잘 건사시키는 것이 다른 무엇보다 중요하다는 것이다.

그리고 내가 또 하나 깨달은 것이 있다. 대부분 남자들은 가정이 깨지고 나면, 시쳇말로 한 방에 훅 간다는 것이다. 따라서 오십대 남자들은 무엇보다도 자기 가정에서 아내와 자녀들에게 잘하는 것을 최우선으로 삼을 필요가 있다. 그런데 그게 맨정신으로는 잘 되지 않는 것 같다. 나는 남자가 가정에서 잘 하려면 정말 신앙의 힘을 의지해야 한다고 생각한다.

나는 내가 모시는 치매 어르신들로부터 인생 교훈을 많이 얻는다. 늙고 병이 들면 아무런 소용이 없다는 것이다. 힘이 있고 정신이 멀쩡할 때, 가족에게 잘하는 것을 넘어 충성해야 한다는 것이다. 그러기 위해서는 신앙을 가져야 한다는 것이다.

그리고 기독교에 대한 사회의 냉대는 어떤 의미에서 목회자들 탓인 경우가 많다. 그동안 목회자들은 세상 사람들에게 너무나 못난 모습들을 많이 보여 주었다. 물론 대다수의 목회자들이 자신의 자리를 잘 지키고 있기는 하지만, 소수의 목회자들이 벌이는 일탈적 언행들로 인해 하나님의 영광이 너무나 많이 가리워지는 것 같고, 그것이 목사의 한 사람으로서 매우 가슴이 아프다. 나도 언제 어떻게 될지 모르니 늘 스스로를 살펴야 할 것이고.

내가 생각할 때, 요즘은 말로 사람들을 가르치려고 하기보다는 목회자부터 하나님을 믿는 믿음에서 가족과 함께 행복하게 사는 모습을 보여 주는 게 훨씬 더 나은 설교라고 생각한다. 목회자 부부가 행복하게 사는 모습, 자녀들과 함께 즐겁게 사는 모습을 보여 주는 것이 사람들을 더 감동시키는 설교라고 생각한다.

나에 대한 어쭙잖은 심리학적 분석

프로이트(S. Preud)의 정신분석 이론에 따르면, 어린 시절의 (원치 않았던) 불행의 경험과 그것이 주는 심리적 충격을 충분히 해소시켜 주지 못하면, 성장기 혹은 성장기 이후에 어른이 되어도 정상적인 가정생활이나 사회생활을 하는데 어려움을 많이 겪을 확률이 높은 것으로 본다. 평상시엔 상처들을 무의식 속에 밀어넣어 두고 의식의 힘으로 그걸 꼭꼭 눌러 놓고 있지만, 이런저런 어려운 상황이 지속되면서 의식을 누르는 힘이 약화되면 여기서 불쑥 저기서 불쑥 튀어나와서 자기도 힘들게 하고 주변 사람들도 힘들게 한다는 것이다.

대상관계 이론학자 중에 도널드 위니컷(D. Winnicot)이 있다. 그에 따르면, 사람은 어린 시절 부모와의 애착관계가 중요하다고 하면서 아이에게는 '이만하면 충분히 좋은 엄마(good enough mom)'와 '중간 대상(transitional object)'과 '안아 주는 환경(holding environment)'이 필요하다고 한다. 아이가 이 세 가지를 충분히 경험하지 못하면 건강한 성장과 성숙을 이루지 못하고 정신적, 심리적 병리현상을 보이기 쉽다고 하였다.

프로이트의 관점에서 볼 때, 나에게도 그런 성향이 있다. 나에겐 장점이면서도 단점이 있는데, 누군가가 소위 '갑질'을 하고 있다고 생각되는 사람들이 일반상식에 부합하지 않게 부당한 혹은 무례한 혹은 횡포를 부린다고 생각하면 하룻강아지 범 무서운 줄 모르고 대드는 경향이 있다.

어쩌면, 어릴 적 경험하였던 부당함과 무시의 횡포에 대한 미해결된 분노의 감정을 무의식 속에 가두어 놓고 있었는데, 그런 경험이 재연되니까 나도 모르게 분노의 감정이 툭 튀어 나오게 되는 것 같다. 그러나 그게 물리적 폭력으로 나오지 않고 그동안 공부하는 과정 속에 머리에 지식깨나 들어갔으니까 분노의 감정을 폭력적 행동으로 나타내기보다는 말이나 글로서 표출시켜 온 것 같다.

심리치료적 관점에서 보면, 그렇게 자기를 당당하게 표현하는 사람은 내면세계가 건강한 것으로 본다. 지금에야 나는 나를 당당히 표현하지만, 송충이였던 시절에는 나를 표현하지 못했다. 송충이는 주는 것만 먹어야 하고, 대꾸를 하면 안 되고, 때리면 맞아야 한다는 의식이 나를 지배했었다.

위니컷의 관점에서 볼 때, 내가 아내의 빈자리를 견디기 힘들어하고, 엄마 젖을 찾는 아기처럼 아내의 (내적 외적) 품에 머물기를 좋아하는 것은 어린 시절 '이만하면 충분히 좋은 엄마' 경험의 부재가 가져다 준 미해결 욕구를 무의식적으로 아내를 통해 충족시키고 싶어 하는 것이 아닐까 하는 생각을 하게 된다.

다행히 아내는 그동안 김동문이라는 '가련한 아이'를 엄마의 마음으로 잘 품어 주었기에 오늘날 이만큼 삶을 관조적으로 보며 무소의 뿔처럼 당당하게 앞날을 열어 가는 '야무진 김동문'으로 성장할 수 있었지 않나 싶다.

그리고 나는 얼리어답터로 불릴 만큼 다양한 문명의 이기들을 누리며 살아왔다. 뿐만 아니라, 내 감성적 욕구들을 해소할 수 있는 다양한 악기들을 다루며 살아왔다. 이러한 것들이 나에게 있어서 중간 대상이 되어 주어 내가 사람에게 병적으로 집착하지 않을 수 있었던 것 같다.

내가 만약 아내나 자식들에게 병적으로 집착했다면, 아마 나의 가족들은 지옥을 경험하고 있을지 모른다. 또한, 신앙생활 이전의 열악하고 고통스런 삶의 환경과 달리 지금 나의 생활환경은 분에 넘치게도 '안아 주는 환경'의 필요충분조건을 갖추고 있다고 할 수 있다. 다시 말하지만, 사람들은 내가 자수성가하였다는 평가를 하는데 정말 그렇지 않다. 하나님은 나에게 나를 돕는 이들을 많이 붙여 주셨기에 여기까지 올 수 있었다.

설령, 내가 누군가로부터 손해를 받거나 억울한 일을 당하였을 때, 하나님은 내가 예상치 못했던 복을 수십 배, 수백 배, 수천 배로 갚아 주셨다. 그래서 지금은 그저 겨우 연명하는 선에 그치지 않고 작게나마 지역사회도 섬기고 국내의 미자립 교회나 단체도 섬기고 해외선교 지원도 할 수 있게 되었다. 이 모든 게 하나님의 은혜이다. 정말 하나님의 은혜이다!

마지막으로, 나의 아이들은 정말 애비의 전철을 밟게 하고 싶지 않았다. 우리 가문에서 목사는 현재까지 내가 유일한 것으로 알고 있다. 내가 아는 본가 친인척 중에 목사인 사람은 나밖에 없다.

나는 신앙을 가지고 난 후, 내 아버지 대의 불운의 고리는 내 손에서 끊는다는 야무진 생각을 했었다. 그리고 인간발달이론에 대한 결정론적 사고가 틀렸고, 사회환경론이 맞다는 것을 내 인생으로 증명하리라 다짐했던 것이다. 그러면서 혹시 나의 인생 드라마가 비극적 드라마로 막을 내리게 되는 것은 아닐까 전전긍긍을 하면서 지금에 와서 일종의 커밍아웃을 하는 마음으로 글을 쓰는 것은 해피엔딩 드라마를 쓰기 위한 기점으로 삼기 위함인 것이다.

물론, 개척교회 시절 형편이 참으로 어려웠다. 그럼에도 불구하고 아이들에겐 아빠와 엄마가 늘 '거기에' 있어 주었다. 아이들이 이젠 머리가 굵어져서 그런지 그렇게 아빠와 엄마가 늘 곁에 있어 준 것이 고맙다고 한다. 그리고 우리 부부는 아들딸에게 '이만하면 충분히 좋은 엄마 아빠'가 되어 주고자, 아이들에게 '안아 주는 환경'을 만들어 주고자 정말 갖은 노력을 다한다.

앞에서 잠깐 언급하였지만, 그게 병리적 집착이 되면 도리어 나의 열심이 아이들을 망치게 할 수도 있을 것이다. 나는 심리치료를 공부한 사람이기에 '심리적 거리'를 두는 지혜를 최대한 발휘하고 있는 것이다. 이래봬도 내가 당수가 8단이다.

이 세상에 쉬운 인생이 어디 있겠는가마는, 목사의 인생이란 정말 녹록치가 않다. 평생을 교회와 교인들을 위해 바쳤지만, 말년을 너무나도 외롭고 힘들게 보내는 선배 목사님들이 많이 계신다. 남을 치유해 주는 삶을 살아오기 위해 인생을 바쳤는데, 도리어 치유를 받아야 하는 상황에 놓여 있는 목회자 가정도 참 많이 있다. 이게 현실이다. 그리고 그동안 내가 만나 왔던 약하고 아픈 사람들… 그들의 가장 큰 슬픔이자 아픔은 무엇일까? 나는 바로 '스위트 홈'의 부재라고 생각하게 된다.

만만찮은 질곡의 삶, 그 와중에 생산된 삶의 아픔으로 수놓아진 수많은 편린들… 그래서 자칫 김동문이라는 인간은 자신도 망치고 가족도 망치고 남도 망치게 할 수도 있을 것이다. 그런데 여전히 모순투성이로 존재하지만 그래도 신앙 안에서 살아가려고 발버둥을 치고 있고, 내 가정을 견고하게 세우고자 발버둥을 치는 가운데 '스위트 홈'을 만들어 간다면, 비록 세상이 말하는 큰 목회를 하지 못해도 그것이 곧 하나님 나라를 이롭게 하는 것이 아닐까.

미완성의 인생… 그래 인간 김동문의 인생은 미완성의 인생이다. 다만 조금이라도 더 완성된 모습으로 나아가고자 발버둥칠 뿐이다. 그 과정을 통해 나의 이야기가 나 개인을 넘어 하나님께도 의미 있는 역사가 되었으면 정말 좋겠다.

11.
내 이름은 건축가, 건축가라 불러다오!

하나님의 은혜로 천마산 자락 아래 부지 300평에
1차 120평, 2차 100평, 3차 58평 합계 278평 규모로 건축하였다.

교회 건축에 대한 열망이 생기다

목회를 떠나 인간적으로 너무나 행복한 시절을 보내고 있었다. 그런데 또 내 안에서 '일'을 벌이고 싶은 욕구가 스멀스멀 올라왔다. 당시 교인이 12명이었는데, 교회를 건축해야겠다는 강력한 열망이 내 속에서 불처럼 활활 타오르기 시작했던 것이다. 나는 예수님을 믿은 이후부터 명색이 '생각대로 팅~'의 인생을 살아온 사람이 아닌가!

나는 IMF 상황에서 지역사회에 대한 교회의 역할에 대해 고민했었는데, 교회가 지역주민들의 어린 자녀들을 돌봐 주는 것이 교회가 해야 할 일이라고 생각했었고, 내가 교도소에서 하나님께 서원 기도를 했던 것을 실천하는 첫 단계라고 생각했었다. 그래서 지금의 지역아동센터에 관한 제도가 생기기 전부터 동네 아이들을 위한 공부방을 운영했었다.

그러던 중에 교회 인근에 있던 중고등학교 학생들 중 신앙을 가진 학생들이 우리 교회에서 찬양집회를 하기 원했었다. 당시 학생들을 이끌던 전도사의 말에 따르면, 주변에 여건이 좋은 교회에서 집회를 하고 싶었지만 허락을 얻지 못하자 동네에서 가장 작은 개척교회인 우리 교회를 찾아왔다고 했다.

우리 부부는 기꺼이 그 학생들을 위해 교회를 내어 주었다. 그러자 기독학생들 수십 명이 우리 교회를 드나들면서 찬양집회를 하게 되었다. 학생들의 우렁찬 찬양 소리와 기도 소리 때문에 우리 부부가 오히려 큰 힘을 얻었다. 그렇게 몇 달이 지난 어느 날, 이번에는 교회 옆 중고등학교를 다니는 학생들 몇 명이 찾아와서 매일 우리 교회에 모여 기도회를 하고 등교를 하고 싶단다.

당시 우리 동네는 중고등학교가 하나밖에 없었는데, 운영 주체가 천년의 역사를 자랑하는 큰 사찰이었다. 기독교 재단에서 운영하는 미션스쿨에는 교목이 있어서 학생들을 위한 예배를 드리듯이, 그 학교에는 법사가 있어서 학생법회를 했다. 그러다 보니 기독학생들이 학교 안에서는 찬양과 기도를 할 수 없어서 학교 근처에 있는 우리 교회로 찾아왔던 것이다.

그때 우리는 교회 안에 방을 하나 작게 만들어서 살고 있었고, 마침 아내는 첫 아이를 임신 중이었기에 안정이 필요한 시기였다. 그래도 우리는 찾는 이가 거의 없는 작은 교회에 학생들이 모여 찬양하고 기도하겠다니 그게 기특하기도 하고 고맙기도 해서 모임을 허락했었다. 아무튼 학생들이 매일 아침 등교하기 전 우리 교회에 모여 기도하고 찬양하는데 지금 생각하면 하나님께서 우리 교회와 우리 부부를 위해서 학생들을 보냈던 것 같다.

　오후에는 동네 아이들을 위한 무료 공부방을 운영했다. 컴퓨터도 가르쳐 주고, 악기도 가르쳐 주고, 공부도 가르쳐 주고, 함께 놀아 주기도 했다. 더욱이 동네 주민들을 위한 컴퓨터 교실도 열었는데, 우리 교회에서 컴퓨터를 배운 남성 한 분은 수첩에 일일이 수기로 써서 관리하던 고객을 컴퓨터로 하게 되었다고 좋아하셨고, 아주머니 한 분은 회사에 경리로 취직을 하게 되었다고 하면서 좋아하였다. 그러면서 자연스럽

교회 정원 중앙에 심겨진 소나무는 우리 교회와 나의 아이콘이다.
말없이 내 친구가 되어 주었다.

게 교회도 나오게 되었다.

그런데 교회가 협소한 관계로 제약사항이 너무 많았다. 나는 그때 '동네 안에 있어 동네 사람들을 위한 동네 교회'를 짓고 싶다는 생각을 하였다. 거기에다가 예수님을 믿은 지 얼마 되지 않은 성도가 교회 건축을 할 수 있는 정보를 주었기에 교회 건축에 대한 열망은 더욱 강렬하게 타오르기 시작했다. 그래서 교회를 지을 만한 부지를 찾기 시작했는데, 적절한 부지가 있는 것이 아닌가!

내 속에서 교회 건축에 대한 강렬한 투지가 솟아올랐다. 그래서 아내에게 뜬금없이 교회 건축을 하겠다 말하고 기관차의 심장을 가지고 추진을 했다. 아내는 말없이 물끄러미 나를 바라보았다. 아마도 심경이 매우 복잡했을 것이다. 왜냐하면, 그때는 월세도 겨우겨우 냈었고, 아들은 겨우 세 살, 딸은 생후 6개월밖에 되지 않아서 안전한 양육환경이 절대적으로 필요했던 시기였기 때문이다.

어느 날 밤, 아내에게 날이 밝으면 내가 기도원에 가서 기도를 세게 하고 오겠다고 했다. 다음 날 기도원 가려고 차에 올랐는데, 순간 선바이저에 분홍색 편지봉투가 꽂혀 있는 것이 눈에 들어왔다. 나는 가슴이 쿵쾅거리며 뛰기 시작했다. 그러면서 이런 생각이 들었다.
'분명, 하나님께서 내가 교회를 건축한다고 하니까 까마귀와 같은 성도를 몰래 보내셔서 건축헌금을 한 것일 거야.'

나는 떨리는 손으로 분홍빛 봉투를 열었다. 그런데 그 안에는 돈이

저 정원 이름은 해빌리지 가든이다.
저 가든에서 우리는 해피 스토리를 만들기 위해 많은 노력을 하고 있다.

들어 있는 것이 아니고 분홍빛 편지지가 들어 있었다. "이게 뭐지?" 하면서 펼쳤더니 아내의 편지가 아닌가!

아내의 편지

여보!

당신이 기도하러 간다고 하니까 내가 힘이 나네요.

저도 집에서 기도할게요.

요즘 며칠간 마음이 참 무거웠어요.

다시 시작한다는 마음으로 도전한다 생각하니 설레는 마음도 있어요.

우리는 그동안 물질적으로는 많이 힘들었지만,

육체적으로는 더없이 행복했던 날들이었잖아요.

정말 지난 겨울은 따뜻했어요.

밖에 눈이 오고 비바람이 몰아쳐도

우린 행복하게 마주앉아 커피를 마시며 마냥 행복했었잖아요.

그런데 이제 또다시 내려놓아야 하잖아요.

당신은 비닐하우스라도 치고 살겠다고 했지만,

우리에겐 어린아이들이 있잖아요.

혜린이는 태어난 지 이제 다섯 달밖에 되지 않았는데….

하지만 요 며칠 사이 전 마음을 비우기로 했어요.
그리고 주님이 원하시는 길이라면 초막이나 궁궐이나
난 행복할 수 있다고, 기쁨으로 갈 수 있다고….
그러면서 저는 또 기도했어요.
머리로 주신 남편, 교회의 지도자로 세우시고
그를 통해 하나님이 일하시기를 원한다고 하셨으니
기도하면서 앞서가는 남편을 기도로 도우며
무조건 순종하며 가겠다고 나를 내려놓는 기도를 했답니다.

여보!
힘내서 기도하고 오세요.
한 가지 원하는 것이 있다면, 하나님보다 결단코
앞서지 마시고 너무 뒤쳐지지도 마시고 그저 주님 뒤 바싹 붙어서 가세요.
여보, 사랑해요!

눈물이 쏟아졌다. 온몸이 부들부들 떨려서 운전을 할 수 없었다. 운전석에 앉아 혼자서 격하게 흐느꼈다. 그리고 기도원으로 가면서 기도를 했다.

"하나님, 반드시… 반드시… 반드시 교회를 건축하겠습니다. 그리고 내가 할 수 있는 한, 아내랑 아들과 딸이 따뜻하게 살 수 있도록 생활 환경을 꼭 마련해 주겠습니다. 꼭~!"

내 나이 오십이 되었을 때, 아내의 생일 축하를 위한 이벤트.
우리는 현재 분에 넘칠 정도로 좋은 집에서 살고 있는데, 가만히 생각해 보면
아내의 큰 헌신에 대한 하나님의 상급인 것 같다.

삽질의 미학

겁도 없이 교회 건축의 꿈을 꾸게 되었고, 아내의 또 한 번의 헌신에 감동을 받아 난 이를 악물고 교회 건축을 추진했다. 정말 아무것도 없으면서 말이다. 내가 좋아하는 성경구절 중에 마태복음 7장 7절 말씀을 유난히 좋아한다.

"구하라 그리하면 너희에게 주실 것이요 찾으라 그리하면 찾아낼 것이요 문을 두드리라 그리하면 너희에게 열릴 것이니"

이 말씀이 딱 내 스타일에 맞는 말씀인 것 같다.

2001년 봄, 나는 먼저 '2004 살렘교회 건축 프로젝트'를 가동시켰다. 당시 우리가 가진 재정은 상가교회 보증금 이천백만 원이 전부였다. 그것도 천만 원은 갚아야 할 빚이었다. 그럼에도 불구하고 교회 건축을 추진했다. 건축 프로젝트의 내용은 다음과 같다. 2004년은 우리 교회가 설립 7주년이 되는 해인데, 2004명의 후원자가 3년 동안 한 달에 만 원씩 후원을 하게 되면 7억 2천여 만 원 정도를 모아 '동네 안에 있어 동네 사람을 위한 동네 교회'를 건축한다는 것이다.

나는 후원자를 모집하기 위해 전단지를 만들었다. 교회를 건축할 필요성은 무엇인지, 교회를 건축하여 어떤 사역을 하려고 하는지, 건축재정을 어떻게 마련할 것인지 일목요연하게 설명해 놓은 전단지를 만들어 주변 사람들에게 배포하였다.

나중에 이 전단지는 우리 교회 건축에 결정적인 역할을 하였다. 평소 많은 대화를 나눌 기회가 없었지만 나에 대해 호감을 갖고 있던 분들이 전단지 속에 담긴 우리 교회의 건축 프로젝트 내용을 보시고는 비전이 있어 보이고 신뢰가 가기 때문에 도와줘도 후회하지 않을 것 같다고 하면서 큰 도움을 주었다.

암튼, 그 전단지를 가지고 여러 목사님들을 찾아뵈었다. 이 목사님 저 목사님은 우리 교회 건축에 도움을 주시겠지 하는 기대를 가지고 찾아갔었다. 그러나 도와주시겠지 하는 기대를 가졌던 분들에게서는 아무런 도움도 받지 못했다. 간절히 기도를 해 주시는 분도 계셨지만, 돌아서 나올 때 마음속에 채워지는 비참함 때문에 마음이 많이 힘들었다. 큰 교회라고 해서 다 재정이 남아도는 것이 아니라는 것을 많은 세월이 흐른 후에야 알았다.

마땅히 도움을 주실 것이라고 믿었던 분들로부터 도움을 받지 못한 나는 인간적으로 낙심이 되었다. 하나님은 그런 나에게 빛을 비추어 주셨다. 믿음의 어머니 김수경 권사와 함께 기도하는 기도 동역자 분들이 우리 교회의 건축 프로젝트에 동참해 주셨다. 그분들은 생활이 넉넉하신 분들이 아니었다. 그렇지만 우리 교회가 하고자 하는 사역이 좋다고 기꺼이 후원자가 되어 주셨다. 그래서 난 용기백배하여 주저앉지 않고 계속 추진할 수 있었다.

결정적으로, 우리 교회가 속한 대한예수교장로회 총회 중서울노회는 우리 교회 건축을 위해 칠천만 원을 융자해 주셨는데, 우리 교단에선 거의 전례가 없는 일이었다. 노회 석상에서 모든 회원들에게 우리 교회 건축 프로젝트를 발표할 기회를 얻어 전단지를 나누어 드리고 발표를 하였을 때, 회원들은 별도로 구성된 교회설립위원회에 맡겨 지원 여부를 결정하게 하였다. 교회설립위원회가 우리 교회로 실사를 나왔을 때, 나는 정성들여 만든 PPT 자료로 프리젠테이션을 했다.

그 당시만 해도 웬만큼 큰 교회에서도 영상을 사용하지 않았는데, 작은 교회가 영상을 사용하여 프리젠테이션을 하니까 위원들께서는 준비성과 전문성이 돋보인다고 하시면서 감탄을 하셨다. 그래서 우리 교회는 노회로부터 큰 도움을 받게 되었다.

오랜 세월이 흘러 노회에서 융자받은 자금을 갚았지만 제때에 갚지 못해 노회에 큰 걱정을 끼쳐 드렸고, 개인적으로도 어려움을 많이 겪었다. 어찌되었건, 우리 교회는 중서울노회로부터 큰 은혜를 입었다. 노회의 어른들께서는 좋은 일 해 놓고 사람도 잃고 교회도 잃지 않을까 염려하기도 하였지만, 나는 은혜를 원수로 갚지는 말아야 한다는 생각 때문에 끝까지 교회를 지키면서 목회를 해 오던 중 거의 10년이 지나서야 빌린 돈을 갚을 수 있었다.

또, 내가 교회 부지를 매입하는 과정에서 동네에서 부동산업을 하시는 재력가 한 분이 1억이나 되는 큰 돈을 빌려주셨다. 그분은 나에게 말하기를 "목사님은 눈이 깊지 않으시네요. 믿음이 가네요." 하면서 빌려주신 것이다.

나는 그분이 '눈이 깊지 않다.'고 한 말의 뜻이 무엇인지 몰랐는데, 나중에 들어 보니 시쳇말로 하면 '잔머리를 굴리거나 욕심을 부리지 않는 것 같고, 무엇보다 순수해 보이고 겸손해 보여서 도와주고 싶은 마음이 생겼다는 것이다. 자기는 교회를 다니지 않지만 왠지 나를 도와주고 싶은 마음이 들었다고 하셨다. 나는 사실 별로 순수하지도 않고 착하지도 않는데, 아마 하나님께서 나를 도우시려고 그분의 눈을 가리우셨던 것 같다.

우여곡절 끝에 부지도 마련되고 공사가 시작되었다. 교회를 건축한 목사는 대체로 교회 건축과 관련된 간증을 할 때 레퍼토리가 거의 비슷하다. 교회를 건축할 동안 기도원에 가서 금식기도를 얼마나 했고, 이런 어려움, 저런 어려움, 요런 어려움이 있었지만 하나님께서 기적을 베풀어 주셨고… 등등.

그런데 나는 교회를 건축할 동안 금식기도를 하루도 하지 못했다. 왜냐하면, 공사 인건비를 줄이려고 내가 일을 해야 했기 때문이다. 그 당시 소위 '잡부'라고 하는 노동자 하루 인건비가 칠만 원 정도였고, 철공이나 목공 기술자들은 십만~십사만 원 정도였던 것으로 기억한다. 나는 하루 칠만 원의 인건비를 줄이기 위해 일을 해야 했다.

교회의 전통적인 신앙 기준으로 보면, 목사가 교회를 건축하는데 한 끼도 금식하지 않고 일만 열심히 했다고 하면, 그러한 나의 행위가 그다지 은혜스럽지 못하다. 그러나 나는 그 누구보다도 처절하게 기도를 한 것이다. 내가 노동을 하면서 흘리는 굵은 땀방울은 하나님께 드리는 나의 처절한 기도였다. 노동자들이 모두가 퇴근하고 어둠이 내려앉은 공사현장에서 혼자 불을 밝히고 일하면서 눈물을 질금질금 흘리기도 하면서 단말마적으로 "하나님, 도와주십시오!"라고 하는 기도에 나의 전 존재를 실어서 드렸던 기도였던 것이다.

나는 교회 건축을 위해 노동을 하면서 '삽질의 미학'을 배웠다. 사람들은 종종 누군가 별로 가치가 없는 일을 한다고 여겨질 때, 농담 삼아 혹은 비아냥거리면서 '삽질한다.'고 한다. 그런데 말이다. 나는 그렇게 말하는 사람들에게 삽질의 미학을 알기나 하고 그런 말을 하는지 묻고 싶다. 왜냐하면, 삽질은 아무나 할 수 있는 게 아니기 때문이다. 삽질하는 것도 기술이 필요하고 경륜이 필요하다. 나는 공사현장에서 삽질하는 것 때문에 몸살을 앓아야 했고, 하루 칠만 원 버는 게 얼마나 힘든지 정말 처절하게 깨달았었다.

부끄러운 고백이지만… 나는 어린 시절 노동으로 잔뼈가 굵은 사람이다. 그런데 노동자 출신에다가 전과자 출신이었던 내가 전도사, 목사 노릇하면서 육체노동의 신성함을 다 잊어버렸었다. 양복을 빼입고 성경책을 들고 "오 주여~, 가설라무네~…." 이렇게 살던 중에 그만 어설픈 종교적 엘리트 의식에 젖어 있었던 것이다.

당시만 해도 총신대학교 신학과를 졸업하고 신대원을 나오면 우리 교단에서는 신라시대의 골품제도에 빗대어 '성골'이라고 했었다. 성골 출신 목사는 교회를 개척해서 어렵게 목회하기보다는 안정된 교회에 청빙을 받아 폼나게 목회하는 걸로 인식되는 경향이 있었다. 적어도 우리 교단 내에서는 성골 출신인 내가 서울 변방에서 개척을 하니까 두 가지 반응이 있었다. '믿음이 대단하다.'는 긍정 반응과 '무슨 결함이 있나?' 하는 부정 반응이 있었다.

교회 건축 과정에서 정말 오랜만에 원 없이 육체노동을 하면서 나의 야성이 어느 정도 회복이 되었던 것 같다. 그리고 '성도들이 이렇게 고생하면서도 신앙을 지키기 위해 노력하는구나, 그렇게 힘들게 땀 흘려 번 돈으로 헌금을 하는구나.' 하는 생각이 들면서 내가 어설프게 삽질을 해서라도 인건비를 좀 줄이는 것이 성도들을 도와주는 것이겠구나, 주님은 그런 나를 보고 '너 왜 금식기도 하지 않니?' 하고 책망하기보다는 '내 두 다리와 두 팔에 힘을 주시겠구나.' 하는 생각을 했었다.

그뿐인가? 해질 무렵이 되면 일꾼들은 소위 칼퇴근을 했다. 그러면 나는 혼잣말로 "이제 실력 발휘 좀 해 볼까." 하면서 목장갑을 끼고 고개를 몇 번 돌리고 허리를 몇 번 돌린 후에 작업을 시작했다. 왕년에 철공소 생활도 수년간 했었고, 교도소에서 목공 일도 배웠던 터라 용접하고, 대패질하고, 못질하고, 석고보드 붙이는 일은 얼마든지 거뜬하게 해낼 수 있었다. 그렇게 혼자서 밤에 대여섯 시간 일하면 인부 몇 명이 하루 종일 할 일을 해낼 수 있었다.

높이 5m 가까이 되는 천정에 혼자 텍스를 달다가 바닥에 떨어지는 바람에 갈비뼈 두 대가 부러지고 팔목 인대를 다치는 부상을 입기도 했지만 한가하게 병원에 입원할 수도 없었다. 물론 내가 병원에 입원을 해도 하나님께서 도와주셔서 교회 건축은 진행되었겠지만, 나는 절박했기 때문에 부상을 당하고서도 건축 현장을 지키면서 내가 할 수 있는 일을 했었다. 그때 낙상으로 인한 후유증이 꽤 오래갔다. 기실, 나의 노동은 단순히 노동을 넘어 하나님께 드리는 나의 처절한 기도였다!

12.
내 이름은 아둘람 굴의 두령,
두령이라 불러다오!

교회 설립 후, 지금까지 한 교회의 담임목사일 뿐만 아니라,
교회 안과 밖의 약하고 상하고 아픈 이들의 치유자로 살아왔다.

나는 일명 '할매들의 영원한 젊은 오빠'이자 할매들의 아이돌이다.
말을 잃어버린 할머니도 말하시게 하고, 웃음을 잃어버린 할머니도 웃게 한다.
하나님께서 주신 큰 은사이다.

신앙? 신념?

신앙과 신념의 차이는 무엇일까? 아마도 이렇게 물으면 고개를 갸우뚱하는 사람들도 많이 있을 것이다. 사전적 의미에서, 신앙이란 신을 믿고 받드는 것이며, 신념이란 어떤 것(사상, 대상, 사건 등)에 대한 사람의 마음이라고 할 수 있다.

달리 말하면, 신앙은 절대자에 대해 자기의 생각이나 사상이나 이론을 배제시키고 성경이 하나님을 하나님이라고 하니 하나님으로 믿고, 하나님이 순종하라고 하시니 순종하는 것이라고 할 수 있다. 신념은 예수님은 금발머리에다가 눈이 푸른 호수같이 깊고, 콧날이 보기 좋게 서 있고, 얼굴은 갸름한 조각미남 같은 서양 남자이고, 우리나라 권력자들은 다 도둑놈이라든가, 김동문 목사는 무척 멋진 사람이라든가, 민주주의는 좋지만 사회주의는 나쁘다든가 등등… 이렇게 어떤 것에 대한 사람 자신의 생각이라고 할 수 있다.

뚱딴지같이 웬 신앙과 신념을 말하는가? 신앙생활을 하지 않는 사람은 제쳐두고, 자칭 신앙이 좋다는 사람은 자신의 신념을 신앙으로 착각하는 잘못을 범할 수도 있다는 생각을 하기 때문이다. 다른 사람은 몰라도 나의 경우, 내가 가진 비전이 곧 하나님의 비전이라고 생각했고, 내 뜻이 곧 하나님의 뜻이며, 내가 실천하는 방법론이 옳은 방법론이라고 생각했던 적이 있었다. 오만하게도 말이다.

사실 오늘날 한국 교회의 가장 큰 문제는 바로 신앙의 자리에 인간의 신념이 들어와 있는 것이라고 생각한다. 그런데 신학교 교수이건 목사이건 평신도이건 간에 이것을 각자가 인정하면 다시 신앙을 회복할 수 있을 텐데, 그것을 인정하려고 하지 않는 것 같다. 그러다 보니 '내 마음에 맞는 예수'를 찾게 되고, '내 마음에 맞는 성도'를 찾게 되고, '내 마음에 맞는 목사'를 찾게 되고, 내 마음 같지 않으니까 남 탓하며 갈등하게 되는 것 같다.

나는 플랜맨(plan man)이라는 소리를 들을 만큼 철저한 계획 속에 살아가는 사람이었다. 언제 어떻게 중고등학교 검정고시를 마치고, 언제까지 신학을 공부하고, 언제까지 교회를 설립할 것인지를 연간 단위로 계획을 세웠었다. 처음엔 나는 나 자신을 지극히 정상적이고 건강한 신앙인으로 생각했었다. 그리고 하나하나 계획대로 성취되니 '내가 맞고, 내가 답이다.'라는 생각을 하게 되었다. 그러다 보니 내가 원했던 때에 내가 원했던 방법으로 내 계획이 이루어지지 않으면 극심한 우울을 겪으며 좌절과 낙심을 했었다.

그 와중에 웹서핑을 하던 중에 영국 BBC 방송국과 고고학회가 공동

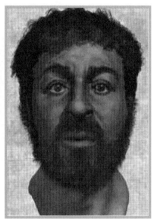

상상력으로 그려진 예수 VS 고고학과 컴퓨터 기술로 복원한 예수

연구를 통해 예수님 당시의 30대 남성 유골을 바탕으로 예수님의 실제 모습에 가장 부합하게 복원하였다고 하는 그림을 보게 되었다. 그 모습은 완전 시골 촌티가 나는 아저씨 모습이었다. 내 머릿속에 있는 예수님의 모습은 갸름한 얼굴에 피부는 하얗고 눈은 푸르고 깊으며 콧날은 오똑 서 있고, 머리는 금발이었다. 그런데 저렇게 촌티 아저씨 모습이 예수님 모습에 가장 가깝다니….

나는 도무지 받아들여지지 않다고 결국 서양의 잘 생긴 남자 모습의 예수님보다 못생긴 중동 남자 모습이 더 실제에 더 가까우며, 그동안 내가 신앙을 빙자한 신념에 사로잡혀 있었구나 하는 생각을 하게 되었다. 그렇게 깨닫기 시작한 시점부터 나는 나의 신앙에서 신념을 걷어내기 위한 작업을 시작했다. 과정이 고통스럽더라도 말이다. 그러한 과정을 통해 서서히 눈이 열리기 시작했다.

이상화의 덫과 평가절하의 덫에 빠져 허우적댔던 나

'이상화(idealizatio)'라는 것은 쉽게 말해 자기 혹은 다른 누군가를 '바로 그 사람'이라고 여기는 것이라고 할 수 있다. 나 아닌 다른 누군가를 '바로 그 사람'이라고 생각하면, 아마도 나는 그를 추종했을 것이다. 그런데 나는 나 스스로를 이상화시켰었다. 내가 이상화의 덫에 빠졌던 때는 '생각대로 팅' 즉, 내가 생각하고 기도하는 대로 다 이루어진다라고 생각했던 때였다.

그때 나는 주제 파악을 못하고 정말 내가 잘난 줄 알았다. 어느 누구도 나에게 "당신 참 대단한 능력자요."라고 말하면서 이상화해 주지 않았는데, 내가 나 스스로를 이상화시켰던 것이다. 내가 나 스스로를 이상화시켰을 때는 내가 삼팔따라지 인생이었던 것을 망각했었다. 그렇게 착각을 하고 살 때는 참 행복했었다.

'평가절하(devaluation)'라는 것은 나 혹은 다른 누군가를 '지지리도 못난 사람'이라고 여기는 것이라고 할 수 있다. 내가 '평가절하의 덫'에 빠졌던 때는 신앙화시킨 나의 신념이 실현되지 않을 때였다. 기도해도 안이루어지고, 내가 옳다고 생각한 것을 이루기 위해 발버둥을 쳐봐도 실현이 안 되고, 어느 누구도 나에게 '너는 실패자야!'라고 손가락질하지 않는데도 나는 내가 나에게 손가락질을 마구 해대었다. "김동문, 너는 실패자!"

그러면서도 계속 실패의 일상을 반복하며 살았다. 무거운 바위를 산꼭대기까지 끌어올렸다가 다시 아래로 굴러내리고, 다시 끌어올렸다가 아래로 굴러내리고를 무한반복해야 했던 시지프처럼 말이다. 그땐 진짜 죽고 싶었다.

내가 스스로 이상화와 평가절하의 덫에 빠졌던 가장 큰 원인은 나의 신념을 신앙으로 착각한 데 있었다. 그 오류를 깨닫고 신념에서 신앙으로 방향 전환을 하기 위해서는 남보다 일찍 백발이 성성해지는 댓가를 치러야 했다. 사람들은 나의 그레이 헤어 컬러가 멋지다고 하지만, 그것은 평신도도 아닌 목사인 내가 성도들 보고는 믿음대로 살아야 한다고 하면서 정작 나는 나의 신념대로 살아오면서 똥고집을 부리느라 용을 쓴 댓가인 것을. 그래도 하나님께서 내 머리털을 듬성듬성 희게 하셔서 점박이로 만들지 않고 멋지다는 소리를 들을 만큼 희게 하셨으니 이 또한 감사!

아둘람 굴의 두령으로 살아오는 동안 교회 정원의 소나무는 점점 푸르러져 가는데,
나의 머리는 조기에 백발이 되었다.
사람들은 왔다가 가도 다시 좋은 사람을 찾아가지만,
소나무는 말없이 늘 내 곁에 있어 주었다. 이 소나무는 나의 절친이다.

빗나간 기대

1997년 3월 2일에 나의 어여쁜 신부를 데리고 당시 서울 변방 중의 변방이었던 남양주시 진접읍의 허름한 건물을 월세로 얻어 교회를 개척했었고, 교회가 있어 지역사회가 안전하고 평안하고 행복한 동네를 만들기 위해 아이들을 위한 공부방과 주민들을 위한 컴퓨터 강좌와 악기 강좌를 열고, 지역사회와의 소통을 위한 미니신문을 만들기도 했다.

나중에 사회복지에 대한 지식을 갖고 난 후에야 내가 한 분석이 일종의 SWOT 분석인 줄 알았지만, 나는 교회를 개척하고 나서 지역사회에 대한 분석을 했었다. 지역사회의 강점(Strength), 약점(Weakness), 기회(Opportunity), 위기(Threatness) 요인을 분석하여 실행한 것이 공부방 운영과 문화센터 운영이었다.

내가 교회를 개척한 지역은 낙후된 변방 지역이어서 주민편의를 위한 생활 인프라는 거의 없는 약점과 안 그래도 경제역량이 취약한데 IMF 사태까지 겹치다 보니 지역경제가 더 어려워지는 위기가 있었다.

지역사회의 강점이라고는 서울보다는 나은 자연환경이라고 할 수 있었고, 지역사회의 발전 가능성은 거의 없어 보였다. 그래서 사람들은 몇 년 간 살다가 형편이 나아지게 되면 다시 서울로 나갈 것이라는 말을 많이 했었다.

나 자신과 우리 교회에 대한 SWOT 분석을 했을 때, 무엇보다 젊은 우리 부부가 강점이었다. 신앙에서 나오는 헌신과 지역사회를 섬기고자 하는 마인드를 가지고 있었고, 나름대로 지역주민들보다는 한두 가지 더 재능을 가지고 있었고, 생업에 전념해야 하는 주민들과는 달리 우리 부부는 오로지 지역사회를 섬기는데 전념할 수 있었다.

거기에 더하여 작은 공간이지만 교회라는 공간을 확보하고 공부방과 작은 문화센터를 운영할 수 있는 여건을 갖춘 것이 우리의 강점이라고 할 수 있었다. 그런 강점을 활용하여 지역사회의 필요를 채우면서 지역 주민들을 만나고 교회를 자연스럽게 알릴 수 있는 기회로 연결될 수 있을 것 같았다. 실제로 그러한 사역이 좋은 교회 이미지를 형성하게 해주었고 자연스레 전도와 연결되기도 했었다.

그러나 우리 부부에게는 치명적인 약점과 위기 요인이 있었다. 나름대로 불같은 믿음과 구체적 목표와 헌신하고자 하는 마음을 가지고 있었지만, 함께 동역할 성도가 한 명도 없었다. 나는 남양주와 아무런 연고도 없었고, 그래서 아는 사람이 한 명도 없었다. 새내기 부부인 우리 두 사람밖에 없었다. 게다가 개척교회 운영과 생활을 위한 최소의 재정도 전혀 확보되지 않았다. 결국 개척한 지 몇 달 되지 않아 아내의 결혼

패물을 모두 팔아치워야 했었다. 아내에게 결혼 패물을 해 주신 믿음의 어머니 말씀대로 그 패물이 매우 요긴하게 사용되었다.

암튼, 나름대로 지역사회를 분석하고 우리 부부가 잘할 수 있는 분야를 선정하여 열심히 사역을 하였다. 당시 우리 교회는 다른 어느 교회보다도 지역사회의 안전망 역할을 충실히 감당하였다고 할 수 있다. 그 결과로 교회를 개척한 지 만 5년이 되었을 때, 지금의 교회를 건축하게 되었던 것이다.

그런데 도무지 교회 부흥이 되지 않았다. 목사 세계에서 성공이란 성도수가 많아지고 교회 재정도 튼튼해져서 선교와 봉사도 많이 하고 또 교단에 기여도 많이 하는 것이라고 할 수 있을 것인데, 우리 교회는 건축을 해 놓고 지역사회를 열심히 섬기면서도 부흥이 되지 않았다.

잘 나오던 성도들도 떠나게 되는 일이 생기고 급기야 교회는 대출이자를 내지 못해 경매 직전까지 몰리게 되었다. 엘리트 목사가 갸륵한 사명감을 가지고 외진 곳으로 가서 개척을 하여 형편이 어렵고 힘든 사람들을 품는 사역을 하면, 지역사회가 감동을 받아 사람들이 구름처럼 몰려올 줄 알았는데, 그게 아니었던 것이다.

멘붕에 빠지다

사회학 용어 중에 '주관적 지위'라는 게 있다. 콜린스는 사람들이 자신의 주관적 지위를 가능한 높게 책정하려 한다고 하였다. 무슨 말인가 하면, '나는 지금 재수가 없어서 서울 변방 외진 곳에서 살지만, 원래 나는 서울 강남에서 살아야 하는 수준의 사람이야. 그래서 나는 삼팔따라지 인생들과 어울리면서 살아야 하는 것이 아니라, 강남에서 SKY 출신들과 어울려 살아야 하는 사람이야.'라는 것이다. 내가 우리나라의 대표적 마이너리티 그룹에 속한 삼팔따라지 인생이면서도 '난 강남 스타일'이라는 착각에 빠졌던 것처럼.

신앙인들도 교회가 사회복지 이용자들이나 사회복지 기관들을 돕는 것이 마땅하다고 생각하여 헌금도 하고 시간을 내어 봉사를 하러 가기도 한다. 그러나 도움을 받을 필요가 있는 '그 사람들'이 내 옆에 앉아 예배를 드리고 내 옆에 앉아 같이 밥을 먹고, 내 아이가 소위 결손가정의 자녀들이라고 하는 아이들과 함께 어울리는 것은 좋아하지 않는 것 같았다. 오히려 사람들은 나보다 여러 면에서 나은 사람들이 모이는 교회를 선호하는 경향이 있는데, 그것은 자기 자신을 그들과 동일시하는 데서 얻는 유익이 있기 때문이 아닐까 싶다.

순진하게도, 나는 사람들이 다 내 마음 같은 줄로 알았다. 내가 사회적 약자들을 품는 사역을 하면 뜻 있는 사람들이 우리 교회로 모여들 줄 알았고, 그들에게 마음을 주느라 성도들에게 조금 소홀해도 다 이해 줄 줄 알았고, 나를 도와 열심히 물질과 재능과 시간을 내어 봉사를 해 줄 줄 알았었다. 그게 나의 치명적 실수였다. 미련스럽게도 성도들도 목사의 사랑과 관심과 케어를 필요로 하는 '양'이었던 것을 나는 몰랐던 것이다. 우리 교회가 좋다고, 내가 좋다고 찾아온 성도들을 많이 잃었다. 그래서 나는 멘붕에 빠지게 되었다.

결과적으로, 나는 내 스스로 목회자로서 목회적 역량이 부족하다는 것을 인정할 수밖에 없었다. 그로 인해 나의 자존감과 자기효능감은 바닥을 쳤고, 그로 인해 우울의 날을 보내야만 했다.

세월이 흐른 후, 나는 교회가 어려울 때 함께해 주었던 성도들에 대하여 참으로 미안하고 고마운 마음이 새록새록 솟았다. 그들은 우리 부부가 정말 어려울 때, 옆에서 큰 힘이 되어 주었던 분들이다. 특히, 아내가 둘째를 가졌을 때, 먹거리를 풍성하게 공급해 주었던 성도의 가정이 있었다. 아내가 첫째를 가졌을 때는 너무 못 먹었다. 그 여파로 아들도 음식을 많이 가렸다. 둘째를 가졌을 때는 그 성도 가정의 헌신으로 아내가 잘 먹었고, 그래서 둘째는 어릴 때부터 이것저것 잘 먹었다. 그런데 그 성도의 가정도 잃어버렸다. 참으로 마음이 많이 아팠다.

엘리야 콤플렉스는 나의 콤플렉스

불의 종, 능력의 종이라는 별명을 가진 엘리야는 어느 날 갑자기 하나님께 이렇게 말한다.

"로뎀나무 아래 앉아서 죽기를 구하여 가로되 여호와여 넉넉하오니 지금 내 생명을 취하옵소서 나는 내 열조보다 낫지 못하니이다"(열왕기상 19장 4절)

깊은 좌절감에 빠져 있던 나는 엘리야 스토리를 묵상하면서 엘리야가 로뎀나무 아래에서 죽기를 원하였던 것이 너무 마음에 와닿았다. 왜냐하면, 내 마음이 그랬으니까. 그런데 하나님은 엘리야를 어루만져 주시고 힘을 주셔서 그의 갈 길을 가게 하셨다. 할렐루야!

나는 그 스토리에 너무 큰 은혜를 받아서 돌아온 주일에 엘리야 스토리를 가지고 설교를 했다. 펑펑 울면서 '하나님 하나님, 저도 엘리야처럼 다 내려놓고 싶은 마음이 굴뚝같거든요. 하지만 하나님의 은혜를 의지하여 나의 갈 길을 다 가겠습니다.'고 했다.

아뿔싸, 그 설교로 인해 그만 상처를 받은 성도가 있었다. 내가 내 스스로 은혜를 받아 흘린 눈물은 그 성도에겐 상처가 되었던 것이다. 회사에서 온갖 스트레스를 받아 지친 상태로 교회에 왔는데, 교회에 와서 목사의 설교를 듣고 새 힘을 얻고 싶었는데, 목사인 내가 눈물을 흘리며 설교를 하니까 그 성도는 맥이 빠진 것이다.

나의 설교의 방점은 엘리야의 좌절과 절망에 있는 것이 아니라, 하나님의 은혜로 갈 길을 가는 것에 방점이 찍혀 있었다. 그럼에도 불구하고 그 성도에겐 나의 설교가 자신을 맥빠지게 하는 좌절과 절망에 방점이 찍힌 것으로 받아들였던 것이다.

결국, 그 성도 가정도 잃어버렸다. 내가 목회의 미숙함으로 잃어버린 성도들은 한결같이 알토란 같은 성도들이었다. 세상에서 힘들게 일하면서 번 돈으로 헌금 생활도 착실하게 했던 성도들이었다. 그런 성도들을 잃어버렸으니 나는 내 스스로를 함량 미달 목사라고 할 수밖에.

그렇게 내가 부족했음에도 불구하고, 나를 탓하기보다는 사람을 탓하고 환경을 탓할 때가 많았다. 그러던 어느 날, 서울의 명문대에서 행정업무를 오랫동안 해 오시다가 정년은퇴하신 분이 우리 교회에 종종 오셔서 대화를 나눌 기회가 자주 있었다. 그분은 교회도 이쁘게 잘 지어 놓고 목사도 좋고, 설교도 들어 보니 훌륭한데, 왜 사람들이 오지 않을까 하면서 걱정을 하셨다. 그러자 나는 청산유수로 사람 탓, 환경 탓을 늘어놓았다. 그분은 나를 가만히 바라보시더니 이렇게 말씀하셨다.
"목사님, 핑계를 대지 마세요!"

그때 나는 망치로 머리를 한 대 얻어 맞는 느낌이었다. 그러면서 하나님께서 이분을 통해 나를 질책하신다고 생각했다. 그래서 그 자리에서 그분에게 말씀드렸다.

"선생님, 제가 잘못했습니다. 앞으로 변명하지 않고 핑계를 대지 않겠습니다!"

돌아다보면, 아마 내가 그때 그 말씀을 하나님의 말씀으로 받아들이지 못했으면, 내가 내 풀에 지쳐 목회를 지속하기 어려웠을지도 모르겠다. 반면에, 하나님은 내가 평신도의 말이라고 무시해 버리지 않고 즉각적으로 잘못했다고 고백을 한 것을 기쁘시게 받으셨던 것 같다. 나로 하여금 심기일전하게 하셔서 내가 가야 할 길을 가게 하셨으니 말이다.

흔들리며 피는 꽃, 그리고 대추 한 알

도종환 시인은 〈흔들리며 피는 꽃〉이라는 시에서 이렇게 노래했다.

흔들리지 않고 피는 꽃이 어디 있으랴
젖지 않고 피는 꽃이 어디 있으랴
흔들리지 않고 가는 사랑이 어디 있으랴
젖지 않고 가는 삶이 어디 있으랴

또 장석주 시인은 〈대추 한 알〉이라는 시에서 이렇게 노래했다.

저게 저절로 붉어질 리는 없다
저 안에 태풍 몇 개
저 안에 천둥 몇 개
저 안에 벼락 몇 개

'천석지기에겐 천 가지 고민이 있고, 만석지기에겐 만 가지 고민이 있다.'는 속담이 있다. 정말 진짜 그렇더라. 내가 조그만 상가에 있던 시절에 하게 된 고민과 교회 건축 후에 하게 된 고민은 가지 수도 차원도 달랐다. 이러다가 피가 말라 죽겠다 싶었다. 그러던 가운데 우연치 않게 도종환 시인과 장석주 시인의 시를 눈물을 질금질금 흘리며 읽었고, 위로가 많이 되었고, 힘이 많이 되어 주었다.

피투성이라도 살아 있으라!

　정말 우리 부부를 살린 말씀이 있다. 그 당시의 애환은 상가교회 목사들이 보기엔 배부른 목사의 투정으로 보였을지 모르겠지만, 나는 점점 막다른 골목으로 몰리고 있는 상황이 되었다. 도망을 가 버리고 싶었다. 그런데 도망을 갈 수도 없었다. 하여튼 죽지 못해 산다는 표현이 적절하다 싶은 그때에 지역교회연합회 부흥회에 강사로 오신 목사님으로부터 "피투성이라도 살아 있으라"(에스겔 16:6)는 말씀을 듣게 되었고, 두 주먹을 불끈 쥐고 '그래 피투성이가 되더라도 살아 있자.' 하고 다짐을 할 수 있었다.

　대단히 불행하게도, 우리 사회에는 죽음의 그림자가 점점 짙게 드리운다. 요즘 사회에 크게 문제가 되고 있는 우울증은 죽음을 불러일으키는 병이다. 자살에 대한 기독교의 전통적 입장은 '자살을 하면 지옥에 간다.'는 것이다. 그런데 우울증에 대한 정체를 이해하고 나서부터는 그런 말을 삼가게 된다. 왜냐하면, 우울증이라고 하는 병은 죽음을 불러일으키는 병이고, 그 병이 그 사람을 죽음으로 내몰기 때문이다.

프로이트는 에로스(eros)를 생명의 욕구라고 하고 사나토스(thanatos)를 죽음의 욕구라고 했다. 그러면서 모든 사람은 이 두 욕구를 가지고 있는데, 에로스가 사나토스를 이기면 살고 사나토스가 에로스를 이기면 죽는다고 한다. 우울증은 사나토스를 강화하여 에로스를 이기게 하는 병인 것이다.

문제는 신앙인들도 신앙의 힘으로 우울을 이겨 내지 못하고 병리적 현상을 나타내 보이거나 스스로 불행을 선택하는 이들이 증가하고 있다는 것이다. 나 역시도 교회가 한창 어려울 때 많이 우울했고, 죽고 싶다는 생각을 하기도 했다. 그런데 "피투성이라도 살아 있으라"는 말씀 한 구절 때문에 내 안에 생명의 욕구가 용솟음치면서 죽음의 욕구를 물리칠 수가 있었던 것이다.

아둘람 굴의 두령

내 가슴에 불을 질러 준 말씀이 하나 더 있었다. 흔들리면서도 넘어지지 않고, 젖으면서도 사그러 들지 않고, 피투성이가 되어도 살아 있어 오늘의 나를 있게 한 말씀이 있는데, 바로 가드 왕 아기스 앞에서 침을 질질 흘리면서 미친 체를 해서 가까스로 살아남아 아둘람 굴로 도망가서 사회적 약자들의 우두머리가 되었다는 스토리다(사무엘상 21~22장).

이상화의 덫에 빠져 스스로 만족해하며 행복해하며 목회를 했었는데, 평가절하의 덫에 빠져 허우적거릴 때 처절한 마음으로 엘리야 스토리를 묵상하고 다윗 스토리를 묵상했었다.

다윗은 사울이 자신을 죽이려고 하자 살아남으려고 도망을 가서 블레셋 가드 왕 아기스에게로 갔다. 그러나 거기서 블레셋의 영웅 골리앗을 죽인 정체가 탄로가 나는 바람에 다시 아둘람 굴로 도망을 갔다. 그러자 다윗의 형제를 비롯한 친인척들과 환난당한 자들과 빚진 자들과 마음이 원통한 자들이 그곳으로 모여들었고, 다윗은 그들의 우두머리가 되었다고 했다.

나는 서대문구치소에서 예수님을 만난 후 사회적 약자를 위한 목회를 하겠다고 서원했었다. 그런데 따지고 보면 사회적 약자들을 수단으로 삼아 나의 목회적 야망을 이루고 싶었던 것 같다. 그래서 처음엔 뭔가 빛이 좀 보인다 싶으니 이상화의 덫에 빠졌던 것 같고, 뭔가 잘 안 되니까 평가절하의 덫에 빠져 좌절하고 절망했던 것 같다.

그런데 다윗이 아둘람 굴에서 사회적 약자들의 우두머리가 된 스토리를 묵상하면서 사회적 약자들을 품는 것이 목회를 빙자한 세속적 야망을 이루기 위한 수단이 아니라, 목회의 목적으로 삼게 되었다. 그래서 나는 우리 교회를 아둘람 굴이라고 규정했고, 나는 사회적 약자들의 우두머리라는 정체성을 가지게 되었다. 그래서일까, 하나님은 나로 하여금 목사와 사회복지사와 음악치료사가 되게 하셔서 정말 다양한 사회적 약자들을 품는 사역을 하게 하셨다.

우리 교회의 공부방을 거쳐 갔던 셀 수 없을 정도로 많은 동네 아이들, 장애를 가지고 있는 아이들, 치매와 중풍을 앓고 계시는 동네의 어르신들 혹은 각 동네의 일반 어르신들, 각종 정신과적 질환을 앓고 있는 사람들, 노숙인들, 암환자들, 지치고 상한 목회자 부부 그룹과 전문인 그룹, 동네 부대의 장병들, 아프리카 우간다 노인들, 캄보디아 현지 교회 지도자들, 필리핀 사람들 등등 하나님은 그렇게 다양한 유형의 약자들을 품을 수 있도록 공부도 시키시고 훈련도 시키시면서 정말 영적인 의미에서 아둘람 굴의 우두머리로 살아가게 하신다.

이제 나는 어느 누구를 만나더라도 품을 수 있고, 그들의 입에서 노래가 나오게 하고 춤을 추게 하고 잃어버린 미소를 찾게 해 줄 수 있다. 특히, 나는 대한민국 할머니들의 영원한 젊은 오빠이자, 아이돌이다.

딴짓하는 목사

나는 한동안 '딴짓하는 목사'로 판단을 받고 평가되었다. 그런 소리를 많이 듣다 보니 나도 모르게 '내가 진짜 딴짓하는 불량감자 목사인가?' 하는 생각을 하면서 기가 팍 죽었던 적이 있었다. 군대에서 여러 명이 한 명 보고 "넌 고문관이야."라고 자꾸 말하면 진짜 고문관이 되듯이, 나도 다른 사람들이 딴짓하는 목사라고 자꾸 그러니까 나도 모르는 사이에 '내가 진짜 딴짓하는 목사인가, 그래서 내가 목회를 잘 못하고 있나.' 하면서 나 스스로도 혼란스러워했었던 것 같다.

그때 묵상한 말씀이 예레미야서 29장 7절 말씀이다. "너희는 내가 사로잡혀 가게 한 그 성읍의 평안을 구하고 그를 위하여 여호와께 기도하라 이는 그 성읍이 평안함으로 너희도 평안할 것임이라"

이 성경 구절의 NASB 영어성경에는 '평안'이라는 단어를 'welfare(복지)'로 번역해 놓았다. 즉, 교회는 교회가 서 있는 지역사회에 복지가 잘 실현되게 하는 것을 추구해야 한다는 것이다. 그래야 교회도 살고 목사도 살고 성도도 산다는 것이다.

나는 이 성경 말씀 때문에 '딴짓하는 목사' 콤플렉스를 완전히 벗어
버릴 수 있었다. 그러면서 내세웠던 교회의 슬로건이 '하나님과 통하
고, 세상과 통하고, 지역사회와 통하는 교회', '동네 안에 있어 동네 사
람들을 위한 동네 교회'였다.

그 이후, 나는 누가 뭐라고 하건 개의치 않으면서 남양주시 전체를
나의 목양지로 삼고, 남양주시 시민 전체를 나의 성도로 삼아 사회복지
와 문화 사역을 열정적으로 수행하였다. 즉, 나의 사회복지 사역과 문
화 사역과 심리치료 사역은 '딴짓'이 아닌 '김동문 스타일 목회'였던 것
이다.

교회정원에서 지역주민과 함께 가든파티를 하는 중 서빙하는 모습

국가를 움직인 살렘교회

내가 한동안 멘붕에 빠져 헤매다가 다시 힘을 얻어 〈국가를 움직인 살렘교회〉라는 제목으로 칼럼도 쓰고 설교도 했다. 내가 멘붕에 빠졌던 이유는 지역사회를 품는 사역을 하면 지역주민들이 감동을 받아 교회로 구름떼같이 밀려올 줄 알았는데, 도리어 교회에 잘 나오면서 헌금도 힘써 하는 성도들마저 잃어버려 교회 존립 자체에 위기가 닥쳤었기 때문이다.

그런데 국가에 없던 법이 생겼다. 공부방(지역아동센터)이 사회복지시설로 법제화되면서 지원법이 생겨서 예산지원이 이루어지기 시작한 것이다. 이 법은 한편으로는 공부방에 날개를 달아 주기도 하였지만 다른 한편으로는 벗어 버릴 수 없는 족쇄가 되기도 하였는데, 암튼 우리 교회는 남양주시의 아동복지 선구자 역할을 했다.

또 사회에 서서히 치매노인 문제가 불거지기 시작했을 때, 우리 교회는 남들이 시도하지 않던 치매노인을 위한 주간보호센터 사업을 시작했다.

우리는 노인장기요양보험제도가 시행되기 전 2007년부터 대부분 사람들의 관심 밖이었던 치매노인 주간보호 사업을 선구적으로 시작했다.

버려진 산자락에 교회를 건축하고 나니 몇 년 지나지 않아서 초등학교와 중학교가 세워지면서 도로포장이 되고 수도와 도시가스 등의 생활 인프라가 확충되었다. 아이들을 위한 공부방을 운영하니 나라에 없던 법이 생기면서 아이들을 보다 더 잘 돌볼 수 있게 되었고, 치매노인을 위한 주간보호센터를 운영하니 나라에 없던 노인장기요양보험제도가 생기면서 지역사회의 어르신들을 보다 잘 섬기게 하면서 지역주민들에게 일자리도 제공할 수 있게 되었다.

외람된 말이지만, 나는 교회를 개척한 이후 지금까지 한번도 교회에서 생활비를 받아 본 적이 없다. 교회가 대출이자를 내지 못해 경매로 넘어갈 위기에 처하고 교인들이 뿔뿔이 흩어졌을 때, 나라에 없던 법이 생기면서 예산을 소급해서 주었다. 우리나라에 있는 수천 개의 공부방 중에서 우리처럼 예산을 소급해서 지급받았던 공부방이 과연 몇 개나 될까? 예산이 소급해서 나왔기 때문에 그 예산은 미지급 인건비나 이미 지출된 운영경비로 처리했던 것이다.

은행 대출이자는 못 갚아도 무료 공부방을 운영했었는데, 소급하여 지급받은 예산으로 은행에 밀린 이자를 한꺼번에 갚을 수 있었다. 그래서 교회는 기사회생했다. 나는 그렇게 될 줄 꿈에도 몰랐다. 사실 우리 부부는 지역사회의 사회적 약자를 품다가 교회가 망하면 그것도 하나님의 뜻이라고 받아들이면서 툴툴 털어 버릴 각오도 했었다. 그런데 그런 식으로 교회가 기사회생할 줄은 꿈에도 몰랐다.

아마 남양주의 사회복지직 공무원들 뿐만 아니라 지역사회의 많은 사람들은 우리 교회가 남양주시의 아동복지 발전을 위해 얼마나 많은 노력을 했는지 알 것이다. '딴짓한다.'는 수군거림을 들으면서도 미친 듯이 동네 아이들을 품었던 이유가 있었다.

사람들은 나의 목회 방향이나 방법을 '딴짓'으로 생각해도 하나님은 '김 목사, 네가 가는 길이 내가 기뻐하는 길이다.' 하시는 것 같았고, 그 구체적 증거로 하나님께서 나라에 없던 법을 만들어 가면서 나를 도우신다는 생각을 하게 되었기 때문이다. 그리고 국가가 우리 교회를 살려 주었다는 생각에 미친 듯이 동네 아이들을 품고 지역복지 발전을 위해 몸과 마음을 바쳤던 것이다.

또, 나는 동네 어르신들을 섬겨 잘 먹고 잘 살게 될 줄은 꿈에도 몰랐다. 그저 우리 동네에도 치매 어르신들 부양문제가 대두되기 시작했고, 교회 공간이 동네 아이들만 사용하기엔 넉넉하니까 동네 어르신들을 섬기기 시작했다. 아내가 일찍이 수지침을 배워 두었기에 동네 어르신들을 오시게 해서 쉬게 해 드리면서 수지침도 놓아 드리고 시원한 물, 따뜻한 물도 대접해 드리곤 했었다.

그러던 중에 경기도가 치매 어르신들을 위한 '은빛사랑채' 사업을 시작하게 되면서 우리 교회가 그 사업처로 선정된 것이다. 경기도와 남양주시가 매칭 펀드로 재정을 지원해 주어 지금의 북부노인주간보호센터를 예쁘게 리모델링하여 시작할 수 있었다. 그 다음해인 2008년 7월 1일부터 노인장기요양보험제도가 시작되면서 지금에 이르게 되었다.

결과적으로, 우리는 나라가 하지 못하는 일을 교회가 먼저 시작하니 나라는 없던 법을 만들어 우리를 도와준 셈이다. 물론 우리는 남이 가지 않는 길을 가다 보니 너무 힘들었고 망할 뻔도 했다. 그러나 하나님은 그런 우리 교회를 귀하게 보신 것 같다. 그래서 나라의 법과 제도를 바꾸어서라도 우리 교회가 사명을 계속 감당하게 하셨고, 어르신을 공경하면 복을 받는다는 것을 온몸으로 경험하게 하셨고, 다른 수많은 교회들과 사람들에게도 영향을 끼칠 수 있게 하셨다. 이것은 나의 신앙적 해석이다.

나는 자칭 권세자들에 대해서는 까칠하게 굴지라도, 우리 센터를 이용하시는 어르신들을 위해서는 온갖 재롱을 다 떨면서 어르신들을 즐겁고 행복하게 해 드리려고 노력하고 있다. 그 이유는 어르신을 공경하면 하나님께서 복 주신다는 것을 삶 속에서 경험했기 때문이고, 없는 법과 제도까지 만들어서 어르신들을 잘 섬길 수 있게 해 준 우리나라가 너무 감사하기 때문이다. 그래서 정말 혼신의 힘을 다해 어르신들을 섬기고 있다.

또, 앞에서도 언급하였듯이 최근에는 아프리카 우간다에까지 진출하여 우리 북부노인주간보호센터 운영 노하우를 전수해 주었다. 우간다 정부는 이 사업을 정책화시키려고 노력하고 있다. 즉, 우리 교회는 복지를 통한 아프리카 선교도 감당하고 있는 것이다. 이러하니 내가 우리 교회는 하나님을 움직이고 국가를 움직이는 교회라고 할 수 있지 않겠는가!

요즘 내가 자주 심각하게 고민하는 것 중에 가장 큰 고민이 바로 신념의 신앙화 문제이다. 내가 비록 철없던 어린 시절에 방황을 하면서 죄도 지어 교도소 생활도 했었지만 교도소에서 예수님을 만나 사회적 약자를 위해 살겠다고 서원한 이후 방향성과 일관성과 지속성을 가지고 지금까지 살아왔다. 그런데 수십 년이 지난 지금, 목회적 경륜과 사회적 경륜이 무르익어 가는 이 즈음에 내가 신앙의 이름으로 나의 신념이라는 우상을 따라 살고 있지는 않은지 반성적 차원에서 늘 고민한다.

　　독일의 철학자 칸트는 '목적이 신성하면 수단도 신성해야 한다.'고 하였다. 분명히, 신앙 안에서 가진 나의 삶의 목적은 신성하다고 생각한다. 그러나 그동안 내가 살아온 삶의 발자취가 신성한 목적에 걸맞았는지, 앞으로 내가 남길 발자취도 그 목적에 걸맞게 남길 수 있을지를 고민한다. 그러면서 신념의 신앙화야말로 불경죄에 다름 아니라는 생각을 하던 중에 잠언 16장 9절 말씀이 가슴 깊이 와닿았다.
　　"사람이 마음으로 자기의 길을 계획할지라도 그의 걸음을 인도하시는 이는 여호와시니라"

　　우울의 깊은 늪에 빠져 허우적거리며 날마다 밤이 깊도록 잠들지 못하는 고통을 겪으면서 조기 백발이 되어 가는 과정 속에서 차츰차츰 신념의 신앙화를 벗겨 내고 내 머릿속에 진정한 신앙의 개념이 탑재되기 시작하였을 때, 내가 나의 삶 혹은 나의 사역에 대한 계획을 세우지만 그 계획조차도 하나님께 내어 맡겨 드릴 수 있게 되었다. 그러고 나니 내 계획대로 되었을 때도 행복을 누릴 수 있고 내 계획이 실패했을 때도 행복을 누릴 수 있게 되었다. 나는 살아 있는 동안 이 행복을 계속 누리고 싶다!

   요즘 나는 이렇게 기도한다.

   주님, 나로 하여금 내 신념에 따라 주님을 나의 종으로 부려먹는 불경스런 신앙인이 아니라, 주님을 믿기에 주님께서 이끄시는 대로 순종하는 주님의 종으로 살아가는 아둘람 굴의 우두머리와 같은 신앙인으로 살게 하소서!

   내가 이 세상에 살면서 열심히 써내려 가는 역사는 나의 역사가 아니라 주님의 역사가 되게 하소서!

동네 안에 있어 동네 사람들을 위한 동네 교회로서,
바람에 흔들리면서도 비에 젖으면서도 여전히 거기에 서 있다.
그동안 헤아릴 수 없이 많은 동네 아이들과 어르신들을 케어해 왔다.
해빌리지 살렘교회는 영적 아둘람 굴이다.

13.
내 이름은 상잽이, 상잽이라 불러다오!

2017년 9월, 제23회 남양주시 시민의 날에 시민대상을 받다.

상의 추억

내 어릴 적 기억 중 유난히 선명하게 남아 있는 기억이 있다. 큰아버지 댁 마루 벽에 빼곡히 걸려 있었던 온갖 종류의 상장들이다. 나의 큰아버지는 지역의 일꾼으로서 지역의 대소사를 잘 챙기셨을 뿐만 아니라 국가 시책에도 적극 참여하셨던 것 같다.

특히, 당시 국가가 새마을운동을 벌일 때, 새마을운동의 기수 역할을 많이 하셨던 것 같다. 그래서 영양군수 표창장, 영양경찰서 표창장, 경상북도지사 표창장, 내무부장관 표창장 등을 비롯해서 각종 상들을 많이 받으셨다. 그 상장들의 내용은 한결같이 지역사회와 국가 발전에 끼친 공로가 크다는 것이었다.

나는 한번도 큰아버지가 상을 받으시는 모습을 보지 못하고 그저 마루 벽과 안방 벽에 걸린 상들을 서서도 보고 누워서도 보곤 했었다. 아마도 큰아버지는 자연스레 나에게 '큰바위 얼굴'로 각인되었던 것 같다. 많은 세월이 흐른 후에 나의 서재에도 내가 받은 각종 상들이 걸려 있다. 큰아버지처럼….

내가 초등학교 5학년이었던 때로 기억된다. 모든 학생이 아침 조회를 위해 운동장에 줄지어 서 있는데, 사회를 보시는 선생님께서 오늘은 영양경찰서 서장님의 표창이 있으시단다. 나하고는 별 상관이 없는 일이라 생각하였기에 그냥 멍하니 서 있는데 별로 안 친했던 선생님 한 분이 내게로 다가오더니 나의 남루한 옷매무새를 이리저리 고쳐 주시는 것이었다.

사회를 보시는 선생님께서 단상에 오르셔서 마이크 앞에 서시더니 "에~ 머시기~ 영양경찰서 서장님의 표창이 있겠습니다. 김동문 학생 앞으로." 나는 그냥 멍하니 서 있었기 때문에 내 이름이 불리워진 줄도 몰랐다.

다시 선생님의 호출이 있었다. "김동문 학생, 앞으로." 그제서야 나는 당황해하면서 주변을 두리번두리번하는데 내 옷매무새를 고쳐 주셨던 선생님이 나를 향해 손짓을 하면서 빨리 나오라고 하셨다. 나는 거의 혼이 반쯤 나간 상태로 쭈뼛쭈뼛하면서 나갔다. 암튼, 그날 표창장을 받긴 받았는데 상장보다도 나를 감격하게 했던 것은 부상으로 주어진 공책 열 권과 연필 두 타스였다. 세상을 모두 얻은 것 같았다.

우리 동네에 소아마비와 구루병에 걸린 친구가 있었다. 나는 그 친구와 늘 함께 학교를 다녔는데, 내가 그 친구의 책가방을 자주 들어주었었다. 또 그 당시 학교 운동장에는 우물이 있었는데, 물을 마시려면 두

레박을 내려 물을 떠서 먹어야 했다. 고학년들은 익숙하게 스스로 물을 떠서 먹었지만, 저학년들은 스스로 할 수 없었다. 그래서 갸륵하게도 내가 종종 동생들을 위해 물을 떠 주기도 했다.

내가 기억하기로는, 난 별로 착한 학생이 아니었다. 열 받으면 학년이 높은 형이라 할지라도 맞장뜨는 것을 마다하지 않았다. 그런데 별생각 없이 나보다 약한 친구나 동생을 도와주었던 자그마한 일이 표창장을 받게 된 이유가 아니었겠나 싶다.

또 상을 받게 되었다. 6학년 봄소풍 때였던 것으로 기억하는데, 소풍을 가서 과학상을 받았다. 자연시간에 전자석 원리를 배웠는데, 학교 수업이 끝나고 집으로 가던 중에 장터에서 곰돌이가 자기 혼자 북을 치고 있는 것이었다. 너무 신기하고 재미있어서 시간 가는 줄 모르고 앉아서 한참을 보다가 직접 만들어 보고 싶은 생각이 들었다.

그래서 헝겊으로 곰인형을 만들고 학교에서 배운 전자석 원리를 응용하여 북치는 곰인형을 만들었다. 내 딴엔 최선을 다 했지만 부실하기 짝이 없었다. 학교에 가지고 가서 선생님께 보여 드렸다. 그때 선생님께서 무슨 반응을 보이셨는지 전혀 기억에 없지만, 암튼 그게 과학상을 받은 이유가 아닌가 싶다.

경기도지사 표창을 받다

1997년 3월에 남양주에서 교회를 개척한 이후, 남보다 일찍 동네 아이들을 위한 공부방을 운영하다 보니 사회복지사도 아니면서도 남양주에서 아동복지 전문가 소리를 듣게 되었다. 그래서 2006년 3월에 사회복지 관련 민관협의체인 남양주시 지역사회복지협의체에 아동복지 전문가로 참여를 하여 실무위원장이 되었다.

사회복지에 관한 한, 남양주시 전체의 사회복지 사무를 총괄하게 되었던 것이다. 그때부터 난 남양주시 전체가 내 교회요, 남양주 시민 전체가 나의 성도들이라는 의미 부여를 하여 정말 열심히 남양주시를 섬겼다.

모든 목사들이 그렇겠지만, 나 역시 내가 하는 일에 신학적 목회적 가치가 부여되지 않으면 움직이지 않는다. 당시 선후배 목회자들은 내가 목회는 하지 않고 딴짓한다고 걱정들을 많이 했다. 그러나 나는 남양주시의 복지를 위해 일하는 것이 나의 목회라는 가치 부여를 하였기 때문에 정말 미친 열정으로 매달렸던 것이다.

그해 제12회 남양주시 시민의 날 기념식에서는 지역사회를 열심히 섬겼다고 경기도지사 표창장을 받았다. 남양주시체육문화센터를 꽉 메운 시민들이 보는 앞에서 단상에 올라 상을 받고 우레와 같은 박수를 받는 기분이 정말 좋았다. 무엇보다 어린 두 자녀 앞에서 상을 받는 아빠의 모습을 보여 주는 기분이 참 좋았다.

그런데 그때 이런 생각이 들었었다. 세상 사람들 앞에서 상 받고 박수를 받는 기분이 이렇게 좋은데 나중에 내가 천국에 가서 많은 영혼들 앞에서 주님으로부터 "김 목사, 정말 수고 많았다."고 칭찬받는 기분은 얼마나 더 좋을까 하고. 나는 정말 천국에 가고 싶다. 내가 천국에 갔을 때, 주님으로부터 칭찬을 듣고 싶다. 정말로!

보건복지부 장관 표창을 두 번씩이나 받다

그 다음해인 2007년 9월에는 경기도사회복지협의회가 주관한 경기도 사회복지의 날 기념식에서 사회복지 발전에 기여한 공로로 보건복지부 장관 표창을 받았다. 그런데 빛이 있으면 그림자도 있듯이, 내가 지역 사회복지협의체 실무위원장의 직을 수행하면서 업무수행에 있어 좌고 우면하지 않고 협의체의 정체성을 지키려고 하는 과정 속에서 사회복지 관련 공무원들과 민간 동료들 양쪽 진영에서 볼멘소리도 들었었다. 공직자들로부터는 민간인이면서 공무원들에게 너무 뻣뻣하다는 소리 들을 듣고, 민간 동료들로부터는 민간 편을 들지 않고 공공 편을 든다 는 소리들을 듣기도 했다.

당시 나의 법적 역할이 사회복지에 관한 한, 민간 영역과 공공 영역을 다 아울러야 하는 자리였기 때문에 공무원들이 회의라든가 사회복지 계획을 수립하는 일에 소극적인 모습을 보이면 정색을 하고 채근을 하 기도 했다. 어쩌면, 당시 공무원들 중에 그런 나를 가리켜 '민간인 주 제에….' 하면서 고깝게 생각한 분들도 없진 않았을 것이다. 그렇지만,

나는 민관협의체의 실무를 총괄해야 하는 책임을 맡고 있었기 때문에 그럴 수밖에 없었다.

그런데 민간 동료들로부터는 '민간인 주제에 공무원 행세한다, 공무원 편든다.' 이런 소리를 들었을 때는 기분이 참으로 묘했다. 불쾌하기도 하고 섭섭하기도 했다. 그 와중에 실무위원장직을 4년간이나 수행하면서 민관협력으로 남양주시 전체의 사회복지 계획을 두 차례나 수립하는데 주도적 역할을 했었다.

그런 경험을 통해 나의 개인적 역량도 많이 강화되었다. 그 당시 나는 지역사회의 복지 분야에 대해 누구보다도 폭넓게 이해하고 있었을 뿐만 아니라, 비판과 대안의 균형을 맞추기 위해 노력을 많이 했었다.

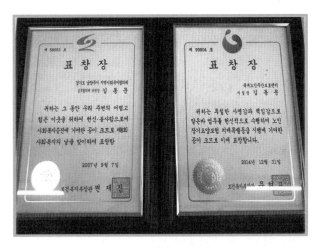

2007년도와 2014년도에 지역사회의 사회복지 발전에 기여하였다는 이유로 장관 표창을 2회 수상하였다.

그렇게 4년 동안 남양주시 사회복지 발전을 위해 열정을 불사른 후, 한 걸음 뒤로 물러났더니 그다음에는 사회복지 분야를 넘어 남양주시 전체의 발전을 추구하는 남양주시 발전협의회 위원이 되었다. 그래서 사회복지를 넘어 동료 위원들과 함께 남양주시라는 도시의 브랜드를 높이기 위해 남양주시 전역을 휩쓸고 다니면서 강연 활동과 컨설팅 활동을 많이 했다.

그 시절에 내가 얻은 별명이 앞에서 말하였던대로 남양주의 '스티브 잡스'였다. 그 이후에는 사회복지 민간 영역 대표기구인 남양주시사회복지협의회 회장이 되어 3년을 섬겼고, 경기도사회복지협의회 이사로 활동을 하기도 했다.

나는 기질적으로 남이 잘 닦아 놓은 길을 가기보다는 없는 길을 만들면서 가는 성향이 있다. 그것은 나의 얼리어답터 기질과 맞물려 있다. 그로 인해 스스로 고생을 사서하기도 하면서 나 자신과 가족을 힘들게 하기도 했지만, 나 자신의 역량을 강화시키고 다른 사람들이 보다 쉽게 길을 갈 수 있도록 길라잡이 역할을 하기도 했다. 돌이켜보면, 나는 평생 그렇게 살아온 것 같다.

아이들 공부방도 관련법과 제도가 없을 때부터 시작했었다. 그래서 사회복지사도 아니면서 남양주시 아동복지의 대표주자가 되었고, 치매 노인을 위한 주간보호센터도 오늘날의 노인장기요양보험제도가 없을 때부터 시작했다.

노인장기요양보험제도의 발전을 위해 건강보험공단이 실시하는 시범사업에도 열심히 협조를 하였다. 그러자 우리 센터가 모범사례로 여러 방송국과 신문사에서도 취재를 나왔었다. 교회가 사회에 누를 끼쳐 방송과 신문에 오르내리지 않고, 좋은 일을 잘해서 언론에 나오니 이 얼마나 감사한 일인가! 또 그 일로 인해 남들은 한 번 받기도 힘든 장관 표창을 두 번씩이나 받게 되니 그것도 얼마나 감사한 일인가!

남양주시 시민대상을 받다!

2017년 제23회 남양주시 시민의 날 기념식에서 나는 시민대상(문화예술 부문)도 받았다. 내가 남양주시 시민이 된 지 딱 20년 만이었다. 나는 하나님의 은혜로 목사가 되어 목회를 하면서 내가 가진 목회의 비전을 사회복지를 통해 구현하고자 했다.

사회복지사가 되어 사회복지 사업을 하면서 나는 딜레마에 빠졌다. 사람들 중에는 신앙으로도, 사회복지 프로그램으로도 자신의 문제를 해결하지 못하고 자신뿐만 아니라 자신이 속한 공동체를 어려움에 빠지게 만들기도 한다는 것이었다. 나는 그 원인을 심리적 혹은 정신적 빈곤이나 아픔 때문이라고 생각했다.

나는 그 해결의 실마리를 문화예술을 통해 찾을 수 있지 않을까 하는 생각을 했다. 그래서 나는 기회가 있을 때마다 "이제는 사회복지에 문화예술의 옷을 입혀야 한다."는 말을 했었다. 그리고는 나 자신부터 어설프지만 클라리넷과 색소폰을 연주하고 기타를 치며 노래를 불렀다.

동네 아이들도, 동네 어른들도 노래를 부르고 연주를 하고 춤을 추게 하는데 많은 에너지를 쏟아부었다. 그러던 중에 음악치료학 석사, 박사과정도 공부를 하였다. 아마도 한국 교회의 전통적인 관점에서 보면, '불경건한 목사'의 표상이었을 것이다.

그러나 나는 아예 대놓고 '좀 노는 목사'를 표방하면서 놀았고, 온 동네 사람들을 위한 축제를 개최하기도 하면서 동네 사람들로 하여금 노래를 부르고 웃게 하고 춤을 추게 했다. 그랬더니 남양주 시민들은 나에게 시민대상을 주었다.

나는 남양주시 시장이 준 표창장보다도, 경기도지사가 준 표창장보다도, 보건복지부 장관이 준 표창장보다도 남양주 시민들이 준 시민대상이 더 자랑스럽다. 나는 이 상을 하나님 앞에 가서도 자랑할 것이다. 그 이유는 첫째로 목사가 지역사회에서 그런 상을 받기가 쉽지 않기 때문이고, 둘째는 세상의 힘센 사람들 비위를 맞춰 주어 받은 상이 아니라, 나와 같은 지역에서 사는 시민들의 인정을 받아 시민들에 의해 선택을 받아 수상한 상이기 때문이다.

내가 가지고 있는 인식이 있다. 우리 사회는 사람들이 배가 고파서 '헬 조선'을 외치는 것이 아니라 마음이 고프고 아파서 '헬 조선'을 외친다는 것이다. 나는 동남아의 여러 나라들도 가 보고 아프리카도 가 보고 미국 하와이도 가 보았는데, 우리나라만큼 살기 좋은 나라가 없다는 생각이 들었다.

시민대상을 수상한 후, 남양주시 이석우 시장과 함께 기념촬영

그런데 왜 사람들이 우리나라를 가리켜 헬 조선이라고 하면서 탈 조선을 꿈꾸는 것일까? 나는 그게 우리나라의 지도자들이 국민들로 하여금 마음을 고프게 하고 마음을 병들게 하기 때문이라고 본다. 그런 점에서 지금은 동네방네 노랫소리, 악기 소리가 끊이지 않게 하고 웃게 하고 춤을 추게 해야 사람들의 입에서 '헬 조선'이 아니라 '파라다이스 조선'이라는 소리가 나올 거라고 생각한다.

대한민국 육군 제75사단
사단장으로부터 감사장을 받다

2019년 봄, 나는 육군 제75사단 사단장 이름으로 감사장을 받았다. 우리 교회는 "우리 동네 부대는 우리가 섬긴다!"는 캐치프레이즈를 내걸고 한 달에 한 번씩 우리 동네에 있는 부대를 방문하여 신앙생활 여부와 상관없이 신병들을 위주로 '뮤직 & 푸드 테라피 프로그램'을 진행해 오고 있다.

나는 사회복지 전문가로서 나름대로의 안목과 통찰력을 가지고 있다고 자부한다. 그런 전문가적 관점에서 볼 때, 우리나라에서 가장 복지 사각지대에 있는 사람들은 장병들이며, 장병들 가운데서도 갓 입대한 신병들이 심리적 정신적 돌봄을 필요로 하는 사람들이라고 생각한다.

또, 부대에서 장병이 병영생활에 잘 적응하지 못하거나 불미스러운 일로 사고가 나면 그 사고는 나라 전체에 부정적인 영향을 끼치는 사건이 되고 만다. 따라서 갓 입대한 신병들을 잘 토닥여 주면서 품어 주면 그것은 장병들을 섬기는 것을 넘어 나라에 애국하는 것이 된다고 생각한다. 그래서 우리 교회는 월 1회 동네 부대를 방문하여 프로그램에 참여한 신병들을 잘 먹이고 잘 노는 시간을 가지고 있다. 육군 제75사단장은 그게 감사하다고 나에게 감사장을 주었다. 내가 이러저러한 상을 많이 받았지만, 시민대상과 함께 그 감사장이 참 기뻤다.

사실, 우리처럼 작은 교회가 교회 부흥에 직접적 도움도 안 되는 일에 열심을 낸다는 것이 쉬운 일은 아니다. 한번 갈 때마다 치킨, 햄버거, 핏자, 족발과 막국수 등 장병들이 먹고 싶어 하는 간식을 풍성하게 싸가지고 가서 먹인다. 게다가 6개월마다 수료식을 할 때는 교회로 초청하여 교회 마당에서 근사한 파티를 한다.

파티 때는 장병들이 주로 삼겹살을 실컷 구워 먹게 하는데, 이유는 장병들이 부대 안에서 삼겹살을 직접 구워 먹을 수 있는 기회가 거의 없기 때문이다. 나는 그렇게 장병들을 섬기면서 우리 교회가 하나님과 세상 앞에서 잘한 것 몇 가지가 있는데 그중에서도 동네 부대를 섬기는 사역 역시 자랑하고 싶은 사역이다.

또 하나 감사한 것은 지역사회에서 기업도 운영하시면서 자원봉사도 많이 하시는 몇몇 이웃 주민들이 우리 교회가 장병들을 섬기는 일을 귀하게 생각하여 후원으로 동참하여 주었다는 것이다. 이분들은 우리 교회 성도도 아니고 교회를 다니는 분들도 아니고, 글자 그대로 그냥 이웃 주민들이다. 그런데 교회가 하는 일을 귀하게 여겨 물질로 후원을 해 주었던 것이다. 아마 하나님께서도 교회가 중심이 되어 이웃 주민들도 참여하여 동네 부대의 장병들을 섬기는 사역을 귀하게 보시리라 믿는다.

내 어릴 적 큰아버지 댁 마루 벽에 걸려 있던 수많은 상장들… 큰아버지는 나에게 있어 '큰 바위 얼굴'이셨다. 빵잼이 시절… 그 시절은 내게 있어 암흑의 시절이었다. 그런데 주님은 그 암흑의 시절에 나에게 빛으로 임하셨고, 난 그 빛에 사로잡혔었다.

많은 세월이 흐른 후에 내 서재에도 각종 상장들이 걸려 있다. 큰아버지처럼… 이제 이런 생각이 든다. 내 아들이나 내 딸에게 있어 내가 생물학적 아빠를 넘어 두 아이의 정신세계에 '큰 바위 얼굴'로 남겨졌으면 좋겠다고.

14.
내 이름은 음악치료사,
음악치료사라 불러다오!

나는 힐러를 자처하고 있다. 비록 삼류 딴따라보다도 못한 음악 실력이지만,
목사의 마음과 사회복지사의 마음과 음악치료사의 마음을 버무려
사람들을 품고 토닥여 준다.

음악치료는 음악적 경험을 통해 치료효과를 얻는 것이다.
음악치료사는 참여자 모두를 음악가가 되게 한다.

음악, 그 애증

나를 업어서 키운 사촌 큰누님에 따르면, 내가 갓난애기였을 때 나의 아버지는 간난 나를 눕혀 두고 기타를 치면서 노래를 불러 주었다고 한다. 물론 나는 전혀 기억을 못한다. 아버지는 내가 아빠라는 단어를 배우기도 전에 노래 몇 곡 불러 주시고는 그렇게 어린 나를 남겨 두고는 다시는 영영 돌아오지 못할 길로 훌쩍 떠나 버리셨던 것이다.

청소년 시절, 나는 기타를 배우고 싶었다. 내가 철공소에서 일할 때, 기술자 형으로부터 기타를 배울 기회가 있었지만, 몇 번 배우다가 포기를 했었다. 그 이유는 나도 아버지처럼 불행한 인생을 살게 될까 봐 겁이 났기 때문이다. 그래서 기타 대신 이런저런 책들을 읽으면서 소설가가 되려는 꿈을 꾸기도 했었다. 지금도 괴발개발 글 쓰는 것을 좋아하는데 아마 청소년 시기에 이런저런 책들을 읽은 영향인 것 같다.

세월이 흘러 내가 신학교에 들어갔을 때, 기타를 잘 치던 동기들이 있었고 교회에도 기타를 잘 치던 '교회 오빠' 스타일의 형제가 있었다. 그래서 다시 기타를 배우고 싶었지만, 역시 배우지 못했다. 여전히 아버지에 대한 트라우마가 남아 있었기 때문이다.

 그 대신, 클라리넷을 배우기 시작했다. 그러나 그 당시에도 음악은 내가 넘지 못할 벽이었다. 지금도 그렇지만, 신학교 시절 인연을 맺은 클라리넷은 나의 신학교 시절뿐만 아니라 수십 년이 지난 지금도 큰 위안이 되고 있다. 가끔 작곡을 전공하고 있는 아들의 반주에 맞춰 오보이스트를 꿈꾸는 딸과 연주도 한다.

종종 나는 클라리넷, 딸은 오보에를 연주하는데
아빠랑 놀아 주는 딸이 고맙고, 그 시간이 너무 행복하다.

음악치료사가 되다

　2012년 3월, 나는 한세대학교 대학원 음악치료학 석사과정에 입학하여 본격적으로 음악치료를 배우기 시작하여 결국 박사과정까지 마쳤다. 신학을 전공한 목사로서 목회적 이상을 사회복지로 실현하고 싶었고, 목회와 사회복지의 임상현장에서 열정을 불사르던 중 내가 좋아하는 음악으로 지치고 상한 이들을 보다 잘 섬기고 싶었기 때문이다.

　나는 음악치료사가 되고 나서 어린이들에서부터 노인들에 이르까지 다양한 사람들을 만나 왔을 뿐만 아니라, 다양한 진단명을 가진 남녀노소의 환자들을 만나 왔다. 동남아 사람들과 아프리카 사람들까지 만나 왔다. 나는 그렇게 약하고 상하고 아픈 이들을 만나 어루만져 주고 품어 주면서 희망과 용기를 불어넣어 주는 와이드하고 글로벌한 활동을 해 오고 있다.

　특히, 나는 할머니들 사이에서 영원한 젊은 오빠이다. 거의 아이돌급이다. 치매에 걸린 할머니도 눈이 반짝반짝거리게 하고, 움직이기 싫어하시는 할머니도 일어나 춤을 추게 만들고, 웃음을 잃어버린 할머니도

소녀처럼 웃게 만든다. 홧병이 있는 할머니도 내가 다가가서 손을 잡아드리고 살인미소를 보내 드리면 금세 평안하고 환한 얼굴이 된다.

아버지로부터 물려받은 유전인지는 모르겠으나, 나는 음악을 참 좋아한다. 그러나 나에게 있어 음악은 넘사벽이다. 아무리 연습을 해도 실력과 수준이 올라가지 않는다. 영원한 삼류 음악인이다. 그런 내가 가로늦게 음악치료사가 되어 약하고 상하고 아픈 이들을 어루만져 주고 품어 줄 수 있는 게 너무 좋다. 같이 가요도 부르고 지가지가 장 자장 자장~ 연주를 하며 낄낄거리며 웃다가도 마칠 때가 되면 사람들은 나보고 기도를 해 달라고 한다. 내가 음악치료사이기 전에 목사임을 알기 때문이다.

그래서 내가 가요를 부르던 입술로 기도를 해 주면 사람들 역시 가요를 부르던 입술로 간절하게 "아멘~ 아멘~!" 한다. 우리의 기도는 하나님을 화나게 하는 기도가 아니라 하나님을 기쁘시게 하는 기도인 줄 믿는다.

감사하게도, 음악도의 길을 가는 두 아이 모두 시간 날 때마다
아빠가 하는 사역의 협력자가 되어 주고 있다.
그래서 나는 틈만 나면 음악으로 하나님을 기쁘시게 할 뿐만 아니라
사람들을 치료해 주고 힘과 용기를 내게 하는 음악가가 되라고 말해 준다.

더 이상 기타에 대한 트라우마는 없다

무엇보다, 이제 나는 더 이상 기타에 대한 트라우마 같은 것이 없다. 기타 코드 몇 개만 익혀서 어설프게 연주를 하고 노래도 그다지 잘 못하지만, 그래도 즐겁고 행복하게 음악치료 사역을 한다. 나의 프로그램에 참여하는 사람들도 나의 그런 에너지를 참 좋아한다.

그런데 음악치료사로 활동하면서 목사인 나로 하여금 자괴감이 들게 하는 상황도 자주 접하게 된다. 정신과적 질환으로 병원에 입원해 있는 환자들 중에 목사도 있고, 장로도 있고, 권사도 있고, 집사도 있고, 젊은 청년들도 있다. 설령 본인과는 상관없이 유전적 요인이 그들을 그렇게 아프게 했을 가능성이 있지만, 분명한 것은 그들은 삶의 무게를 신앙으로도 이기지 못해 그만 마음이 상하고 정신이 상한 것이다.

내가 그분들을 대하면서 자괴감이 들었던 이유는 교회에서조차 상하고 아픈 가슴을 치유받지 못하는 한국 교회의 현실 때문이다. 언제부터인가 교회는 잘난 사람들과 부자인 사람들과 권세 잡은 자들의 경연장이 되고 있는 것 같다. 교회에서조차 아프고 상한 사람들이 자신의 연약함을 내어놓는 순간에 낙인이 찍히기 쉽고, 그래서 혼자 속으로 아파하다가 병이 깊어지는 경우가 많은 것 같다.

나는 목사로서도 탁월하지 않고 음악치료사로서도 탁월하지 않다. 사람들이 보기에 불경건스럽고 먹기 좋아하고 놀기 좋아하는 불량감자 같은 목사로 보일 수도 있다. 그러나 나는 일찌감치 '아둘람 굴의 우두머리' 같은 목사가 되어 아프고 상한 이들을 품어 주고, 웃음을 잃은 자에게 웃음을 찾아 주고, 낙심과 좌절 중에 있는 자에게 소망을 불어넣어 주고, 눈물 흘리는 자의 눈물을 닦아 주는 삶을 살기로 작정을 했었다.

현재 나는 그런 삶을 살 수 있는 것이 너무나 즐겁고 감사하다. 앞으로도 나는 정신 줄 놓지 않는 한 음악치료를 하는 목사로 살아갈 것이다. 그냥 우스갯소리지만, 나는 천국에 가서도 음악치료사로 살고 싶다.

내가 사회복지사이고 음악치료사이기 전에 목사이다 보니 사회복지 사역도 음악치료 사역도 항상 목회와 연결을 짓게 된다. 또한 한국 교회의 지도자를 양성하는 신학교의 커리큘럼과 한국 교회를 이끌어 가는 지도자들의 마인드가 많이 바뀌어야 한다는 것을 절감한다.

신학교에서는 마치 공장에서 규격 상품을 찍어 내듯이 신학교육을 시키는 것이 아니라, 신학생들로 하여금 목회 현장에서 필요로 하고 사회가 필요로 하는 역량을 갖게 하는 교육을 시킬 필요가 있다. 또한 교회 지도자들은 교회 직원을 둘 때, 목사나 전도사들 뿐만 아니라 교회 안의 성도들과 교회 밖의 이웃들을 품을 수 있는 전문직원을 둘 필요가 있다. 만약 신학교에서 신학생들로 하여금 신학 공부와 함께 사회가 필요로 하는 전문직을 복수전공하게 한다면 좋을 것이다.

앞에서 말하였지만, 정신병원에는 목사, 장로, 권사, 집사도 있다. 나는 그분들을 뵈면서 목회자들과 성도들이 이렇게도 많이 아프구나 하는 생각이 들면서 한국 교회에 교회 안과 교회 밖을 아우를 수 있는 지도자들이 많아졌으면 좋겠다는 생각을 하게 되었다.

이제 웬만한 공적 기관에는 목사와 전도사의 이름으로 들어갈 수 없다. 그러나 상담사나 심리치료사 자격으로는 들어가서 사람들을 만날 수 있다. 나의 경우도, 목사지만 음악치료 전문가로서 다양한 기관에 환영을 받으며 가서 다양한 사람들을 만나고 있다.

15.
달려라, 흰머리 소년

남을 위한답시고 정작 내 건강관리를 하지 않다가 탈진 위기에 직면하였다.
그래서 쉰다섯의 나이에 걷고 달리기를 시작하였다.
아직 해야 할 일이 많고, 가야 할 길이 많이 남았기 때문이다.

많이 지치고 아팠다

주변의 사람들은 내가 아프다고 하면 고개를 갸웃거릴 정도로 나는 외견상 건강해 보였고, 또 건강한 척을 많이 했다. 교회를 개척한 이후 안식년은커녕 안식월도 갖지 못하고 그렇게 이십 수년의 세월을 기관차처럼 살아왔다. 내가 슈퍼맨도 아니고 마징가 제트도 아니면서 말이다. 나이 쉰다섯이 되자 배는 남산만큼 나왔고, 가슴은 절벽이 되었고, 팔과 다리는 새다리처럼 가늘어졌다.

그 당시 내가 걸을 수 있는 한계치는 500m 정도였고, 뛸 수 있는 한계치는 100m 정도였다. 계단을 몇 개만 올라도 숨이 가빴다. 마음은 점점 나약해져서 매사가 귀찮아졌다. 우울이라는 반갑지 않은 손님이 자주 찾아오기도 하고 불면증으로 밤을 하얗게 지새우는 날이 많아졌다. 그러면서도 성도들과 어르신들과 음악치료 프로그램에 참여하는 다양한 사람들 앞에서는 은혜 충만한 척 건강 충만한 척해야 했다. 그게 너무 괴로웠다. 이러다간 남 살리려다가 내가 먼저 죽겠다는 위기의식이 생겼다.

나는 목사이자 사회복지사이고 음악치료사이다. 이 세 직업의 공통점은 사람을 섬기고 돌보는 것이다. 직업의 가치 측면에서 볼 때, 나는 지구상의 최고 가치를 가진 직업이라고 생각한다. 그리고 내가 태생적으로나 사회적으로나 여러 가지 흠결이 많은 사람이지만, 하나님께서 나를 사랑해 주셔서 세 직업을 허락해 주셨기에 늘 감사한 마음으로 사명을 감당하기 위해 열정을 불사르며 살아왔다.

그런데 이 세 직업은 육체적으로나 정신적으로 많은 에너지를 쏟아부어야 하고, 그래서 탈진의 위험성이 많다는 공통점이 있다. 나는 이 탈진의 위험에 직면하였다. 아니, 이미 그전부터 내게서 탈진 증상이 나타나고 있었다. 그러나 나는 육백만불의 사나이나 슈퍼맨이라도 된 양 열정과 능력의 화신인 척하며 살았다. 그런 내가 제풀에 지쳐 쓰러지기 일보 직전으로 내몰렸던 것이다.

걷고 달리기를 시작하다

음악치료학 박사과정 수업이 끝난 다음 날 저녁부터 나는 비장한 마음으로 집을 나와 동네를 걷기 시작했다. 자그마치 500m나 걸었다. 버스 한 정거장 거리도 차를 타고 다녔던 내가 자그마치 500m나 걸었다는 것은 내겐 놀라운 일이었다. 그뿐인가? 500m를 걷고 난 다음에 100m를 뛰었다. 힘들어서 죽는 줄 알았다.

나는 이전에도 운동의 필요성을 느껴 두 번이나 아파트 헬스센터 티켓을 끊은 적이 있는데, 두 번 다 두 번 나가고 안 나갔다. 또 한의원에 가서 살 빼는 약을 지어 먹기도 했는데, 별 소용이 없었다. 아내와 아이들은 일 좋아하고, 공부 좋아하고, 악기 좋아하고, 놀거나 멍 때리는 것을 좋아하는 나의 성향을 아는지라 내가 운동을 시작하니 저러다 말겠지, 작심삼일이겠지 했단다.

그런데 나의 걷기와 달리기는 3년째 지속되고 있다. 이제는 한번 달리기 시작하면 8km를 별로 어렵지 않게 달린다. 그뿐인가? 웨이트 트레이닝도 많이 한다. 그래서 1년 동안 허리를 자그마치 4인치나 줄였고, 절벽과도 같았던 가슴에는 점점 탄탄한 근육이 솟기 시작했고, 팔다리는 점점 무쇠팔다리가 되어 가고 있다.

3년 전만 하더라도 배는 남산만큼 불룩 나오고 팔다리는 개미 다리처럼 앙상했다. 그러나 이제 나는 건강미 넘치는 몸매를 가진 흰머리 소년이 되었다. 삶에 대한 나의 개똥철학이 폼생폼사인지라 일부러 아내와 함께 동해를 찾아 바닷물이 넘나드는 백사장을 달리고, 노을이 아름답게 물드는 서해안을 찾아 달리고, 남해안을 달리고, 제주도 해변을 달리기도 했다. 그 와중에 인생 드라마를 찍는답시고 드론으로 나의 달리는 모습을 찍기도 했다. 나는 말릴 수 없는 폼생폼사의 사나이, 나의 달리기는 계속되어야 한다!

나는 왜 걷고 달리는가?

첫째, 살고 싶었다. 앞에서 말하였듯이, 나는 남을 살리려다가 내가 먼저 지쳐서 죽겠다는 생각이 들었다. 해야 할 일이 많이 있는데 여기서 주저앉으면 안 될 것 같았다. 여기서 주저앉으면 하나님께서 그동안 수고가 많았노라고 칭찬하시기는커녕 도리어 내가 건강관리를 하지 않아서 나를 통해 해야 할 일을 하지 못하게 됐다고 야단치실 것 같았다. 그게 내가 운동을 시작한 첫째 이유였다.

사실, 이즈음 나는 내게 닥친 건강의 적신호를 느꼈었다. 신체적으로 허약해져 있었을 뿐만 아니라 심리적으로도 많이 허약해져 있었다. 아둘람 굴의 두령이 되어 웃음을 잃어버린 자에게 웃음을 찾아 주고, 눈물 흘리는 자의 눈물을 닦아 주고, 분노가 가득한 자를

사시사철 틈만 나면 걷고 달린다

토닥여 주어서 안정을 시켜 주고, 낙심하고 절망하는 자에게 희망과 용기를 불어넣어 주고, 아프고 상한 이들을 치료하고 회복시켜 주는 일을 하는 와중에 정작 내가 병이 들어가고 있다는 것을 깨닫게 된 것이다.

나는 어릴 때부터 죽음이라는 단어에 익숙한 사람이었다. 아버지의 불행한 죽음은 늘 나의 의식의 언저리를 맴돌았고, 그래서 내 나이 이십대 초반에 내 인생엔 더 이상의 소망은 없다는 결론에 이르게 되었을 때 자살을 시도했었다. 그러다가 예수님을 만나는 바람에 죽을 자가 현재까지 살아 있는 것이다.

우리나라는 자살공화국이라는 불명예스런 이름을 가진 나라답게 많은 사람들이 자살을 한다. 정치인들도 자살하고, 유명 연예인도 자살을 하고, 이름도 없는 수많은 사람들이 자살을 한다. 목사도 자살을 하고 장로도, 권사도, 집사도 자살을 한다. 그런데 나에게 있어 이들의 죽음보다도 가장 큰 충격으로 다가왔던 죽음이 있었다. 바로 미국의 영화배우였던 로빈 윌리암스(Robin Williams)의 자살이었다.

나는 그의 많은 영화들 중에서도 상하고 아픈 사람들을 치유하는 헌터 아담스의 실화를 소재로 한 〈패치 아담스〉라는 영화를 참 좋아했었고, 그 영화는 나의 사역에도 많은 영향을 미치고 있다. 영화에서 그는 의학계의 전통적인 치료법을 위배했다는 이유로 징계위원회에 회부되었다.

징계위원회의 위원장은 패치 아담스에게 이렇게 질문한다.
"목장에서 환자를 치료했습니까, 안 했습니까?"

그러자 패치 아담스는 이렇게 대답한다.

"목장으로 오는 모든 사람은 환자이기도 하고 의사이기도 합니다."

이 말은 넓은 의미에서 서로가 의사이기도 하고 서로가 환자이기도 하다는 것이다.

실제로 나의 사역의 현장에서 만나는 아프고 상한 수많은 사람들은 나의 인생 스승이다. 나는 그들을 품어 주고, 돌봐 주고, 치료해 주기 위해 만나는데 그들은 나로 하여금 가정의 소중함과 건강의 소중함을 말없이 온몸으로 가르쳐 준다.

암튼 어느 날 그가 자살을 했단다. 우울증을 비롯하여 치매가 주는 심리적 고통 때문이었단다. 이유야 어떠했든 간에 영화를 통해 수많은 사람들에게 감동을 주고 상하고 아픈 이들을 싸매어 주고, 치료해 주었던 그가 자살을 했다는 소식은 나에게 참으로 큰 충격이었다. 한마디로 "로빈 윌리암스, 당신마저…." 심정이었다.

나도 모르는 사이에 몸과 마음이 지쳐 가고, 병들어 가고 있었다는 것을 나이 쉰다섯이 되었을 때 깨달았다. 더 이상 건강한 척하기에는 한계를 느꼈다. 그 즈음부터 나는 미친 듯이 걷고 달리기 시작했다. 한 달, 두 달, 일 년이 넘게 지속되었다. 그러자 나의 몸과 마음이 더욱 단단해져 갔다. 그러면서 누군가가 나를 힐링시켜 주기 바라는 것보다는 내가 나를 힐링시키는 것, 즉 자가힐링이 중요하다는 것을 절실하게 느꼈다.

그런둘째, 딸이 남산만한 내 배를 쿡쿡 찌르며 "아빠, 이 뱃살 빼지

딸은 나의 건강지킴이 이면서 열혈 팬이다

않으면 절교야!"라고 했기 때문이다. 아내는 나에게 수시로 건강관리를 하라고 압박했었다. 그런데 어디 오십이 넘은 남자가 부인 말을 듣는가? 나는 그냥 "응, 응!" 하고는 말을 듣지 않았었다. 그래 놓고는 몸이 피곤하다고 어깨 좀 주물러 달라, 팔다리 좀 주물러 달라고 했었다. 지금 생각해 보면, 내가 아내에게 맞을 짓을 많이 한 것 같다. 그런데 딸이 참고 참다가 "아빠, 뱃살 빼지 않으면 절교야!"라고 말하니까 그만 위기의식이 생겼다. 그래서 나는 달리기 시작했다. 왜냐하면, 아내보다 딸이 더 무서우니까.

우리 부부는 정말 할 수 있는 한 최선을 다해 두 아이들 뒷받침을 해주려고 노력한다. 그러는 와중에 내가 부모로부터 받고 싶었던 그 사랑을 이제 내가 애비가 되어 나의 자식들에게 베풀어 주면서 나의 어릴 적 충족시키지 못했던 욕구가 해소되는 행복을 느끼기도 한다. 또한, 부모로부터 사랑과 지원을 아낌없이 받는 두 아이들이 부럽기도 하다.

한편으로, 나는 자칫하면 그것이 아이들에 대한 병적인 집착이 될 위험도 될 수 있다는 것을 잘 안다. 다행히, 나는 나 자신의 역량을 강화하기 위한 공부를 지속하면서 인생을 관조적으로 살필 수 있는 지혜가 생겼고, 또 가족 간의 소통도 잘 이루어지고 있어서 현재까지는 나의 열심이 자녀를 망치게 하는 불상사는 발생하지 않고 있다.

암튼, 딸에게 잘 보이고 싶었다. 그래서 딸이 협박 아닌 협박을 하였을 때, 나는 비장한 마음으로 걷고 달리기를 시작하였던 것이다. 요즘은 딸에게 나의 근육질 몸매를 자랑한다. 딸은 점점 몸짱이 되어 가는 나의 모습을 보며 엄지척을 해 준다. 이제는 아들 녀석도 애비인 나를 따라 운동하는 흉내도 내고, 아내도 나를 따라 걷고 달리기 시작했다. 가족들의 몸이 건강해야 가정이 행복해지는 게 아닌가!

우리 가족은 저마다 악기 한두 가지씩을 다루다 보니 종종 음악을 매개로 하여 가족끼리 소통하고 있다. 그런데 이제 운동을 통해 함께 건강해지니 결국 가족의 신체적 건강성과 정신적 건강성을 고루 얻고 있는 셈이다. 우리는 그렇게 앞으로도 서로를 지지하고 지원해 주며, 서로에게 영향을 끼치면서 건강한 가정 행복한 가정을 추구할 것이다.

셋째, 센터의 어르신들, 특히 할아버지들이 온몸으로 나에게 운동할 것을 말씀하신다. 할아버지들은 비록 지금은 육체의 진이 쇠해지셔서 젊은 사람들의 돌봄을 받으셔야만 한다. 하지만, 왕년에는 나보다 더 큰 능력을 발휘하며 사신 분들이다. 나는 어르신들을 뵈면서 할 수 있는 한 정신이 멀쩡할 때 행복하게 살아야 하고, 건강할 때 건강을 지키기 위해 노력해야 한다는 것을 많이 느꼈다.

특히, 치매라는 것은 목사도 장로도 권사도 그 어느 누구도 비껴 가지 않는다는 것을 현장에서 보면서, 목사도 장로도 권사도 치매에 걸리면 교회에서나 사회에서 매정하게 잊혀지는 것을 보면서, 나는 달려야겠다는 것을 결심하게 하고 실천하게 하였다.

목사가 남보다 기도를 열심히 했다거나 성경을 많이 읽었다고 해야 더 은혜스러울 텐데 죽기 살기로 걷고 달리고, 그것도 모자라 아내까지도 함께 걷고 달리게 한다고 하면, 목사스럽지 못하다고 실망할 사람이 있을지도 모르겠다. 그러나 지금 이 시점에 있어 나의 달리기는 내가 살고자 하는 처절한 몸부림이며, 하나님께서 내게 불어넣어 주신 사명을 보다 잘 감당하고자 하는 처절한 기도라고 할 수 있다.

그렇게 달리다 보니 몸도 건강해지고 우울감도 사라졌다. 우울감이 밀려온다 싶으면, 한바탕 걷고 달리고 나면 우울감이 저만치 도망가는 것을 느낀다. 달리더라도 경치 좋은 곳을 찾아 달리기도 하고, 자기 몸 챙기지 않는 것은 나와 매한가지인 아내를 일부러라도 데리고 가서 달린다. 동해도, 서해도, 남해도!

내가 달리니, 아내도 달리게 되어 부부의 건강이 증진되었다.
몸이 건강해지니 마음도 건강해지게 되었다. 나의 달리기는 계속되어야 한다!

16.
내 이름은 허당, 허당이라 불러다오!

내가 허당임을 깨닫는 순간
난 자유함과 행복을 누릴 수 있었다.

기특한 깨달음을 얻다

인간 나이 오십은 지천명, 즉 하늘의 뜻을 아는 나이라고 한다. 또한 오십대는 내면의 욕망이 가장 들끓어 오르는 시기이며 유혹에 약한 시기라고 한다. 이것은 목사도 예외는 아닌 것 같다. 목사는 자칫 자신의 욕망과 야망을 교묘하게 하나님의 뜻이라 말하기 쉽고, 자신의 야망을 하나님께서 주신 소망이라고 착각하기 쉽고, 자신의 신념을 신앙화시키고 신념이라는 우상을 숭배하기가 쉽다.

감사하게도, 하나님은 내가 오십대에 들어서면서 나의 인생을 관조적으로 살펴보며 세 가지를 깨닫게 하셨다.

첫째, 부끄럽게도 내 안에 욕망과 야망의 불길이 거세게 타고 있다는 것을 깨닫게 하셨다. 하나님의 뜻 어쩌고저쩌고 하면서 나의 뜻을 이루고 싶어 하고, 나의 사상과 철학과 경험에서 나온 신념을 신앙인 것처럼 설교하고 있는 나 자신을 발견하게 되었다. 사실, 그 이전에도 그런 고민이 없지 않아 있었다. 다만 난 자존심 때문에 내 스스로 나는 그런 사람이 아니야 하고 인정을 하지 않았을 뿐이다.

그런데 나이 오십이 되었을 때, 나 스스로 나의 그런 면을 별로 어렵지 않게 인정하게 되었다. 그렇게 인정하고 나니 가슴이 너무 후련했다. 그 이후 목회와 삶에 대한 성공의 기준이 많이 달라졌다. 한 마디로 세속적 기준이기도 하고 나의 기준이기도 했던 성공에 대한 집착을 내려놓을 수 있었고, 하나님의 인도하심에 젊은 시절보다 훨씬 더 많이 나를 하나님께 내어 맡길 수 있게 되었다.

둘째, 그와 때를 같이하여 내가 얻은 큰 소득이 있었다. 나름대로 신앙인의 삶의 특성을 단순명료하게 개념화시킬 수 있었던 것이다. 신앙인은 예수 그리스도를 믿는 믿음 안에서 하나님 나라를 향한 방향성, 하나님 나라 실현을 위한 실천의 일관성, 그리고 그 실천의 지속성을 가져야 한다는 것이다. 나는 먼 훗날 하나님 앞에 설 때까지 예수님을 믿는 믿음 안에서 방향성과 일관성과 지속성을 지키면서 산 사람이야말로 신앙 인생의 성공자라고 생각하며, 나 역시 그렇게 살 수 있기를 간절히 소망한다.

셋째, 내가 허당(虛堂)이라는 사실을 깨달았다. 허당은 글자 그대로 '빈집'이라는 뜻이다. 그동안 나는 내 스스로 속이 꽉 찬 목사라는 자부심을 가지고 있었다. 그래도 한국 교회에서 인정받는 신학교에서 공부한 엘리트 목사에다가 남들이 배우지 못한 것도 배웠고, 남들보다 재능도 한두 가지는 더 있다고 자부한다.

거기에다가 남이 내다보지 못하는 미래를 내다볼 수 있는 안목과 통찰력에다가 남다른 추진력도 가지고 있고, 주변 사람들로부터 문제를 해결하고 필요를 채워 가는 데 있어서 독창성과 창의성을 발휘하는 사람으로 인정을 받고 있다. 그러다 보니까 나는 내 스스로 속이 꽉 찬 사람으로 생각했었다. 남들이 보기에 나 같은 스타일은 딱 재수 없는 남자인 줄도 모르고 말이다.

그런데 갑자기 '나는 허당이다!'라는 고백을 하게 되었다. 나는 그런 생각을 한 나 자신에 대해 박수를 치고 싶을 정도로 기뻤다. 만약에 누가 나보고 허당이라고 했으면, 아마도 나는 그 인간을 가만 두지 않았을 것이다. 그런데 나 스스로 별 생각 없이 '나는 허당이야.'라고 했는데, 그 고백을 하고 나니 기쁨이 정말 물밀 듯이 밀려 들어온 것이다.

내 이름은 허당, 허당이라 불러다오!

　나 스스로 허당이 되니까 비로소 내 속에 주님의 은혜가 가득차기 시작했다. 천애고아로 세상에 내던져졌던 내가 하나님의 아들이 되고, 주변 사람들로부터 송충이로 불리워질 만큼 쓸모없던 내가 주님의 종이 되어 목사로, 사회복지사로, 음악치료사로 쓰임을 받고 있고, 남에게 폐를 끼치거나 남에게 도움을 받으며 살던 내가 이제는 남을 돕는 자로 살고, 가정에서 내 어릴 적에 누리지 못했던 행복을 누리고 있으니 하나님의 은혜가 너무나 크다는 생각이 들면서 하나님께 감사를 드리게 되었다.

　그러면서 이런 생각이 들었다. 그동안 나는 주제 파악을 하지 못하고 마음속에 교만과, 허영과, 욕망과, 야망으로 가득차 있어서 주님의

생긴 것은 멀쩡하나
속은 빈 집과 같은 나

은혜가 채워질 공간이 없었다고. 그런데 나 스스로 허당임을 인식하니까 비로소 주님이 나의 빈 마음에 은혜로 채우시는구나 하고.

내가 허당이 되어 누리는 또 하나의 기쁨과 보람이 있다. 이 사람 저 사람 가리지 않고 만나 함께 웃고, 함께 밥을 먹고, 함께 대화를 할 수 있다는 것이다. 나도 이젠 연령상으로나 사회적으로나 점잖을 떨면서 사회의 주류에 속한 사람들과 만나면서 그들과 인맥을 쌓고 교류를 하면, 그것이 인간적으로 자랑이 될 수 있을 것이다.

대체로 목사들은 직업적 특성상 크고 작은 사회의 주류층을 만나게 될 때가 많고, 또 그렇게 주류층과 교분을 쌓는 것이 현실적으로 목회적 유익이 되기 쉽다. 그런데 나 스스로 허당이 되고 나니 그런 사람들에 대한 미련을 내려놓게 되고, 사회적 약자 그룹에 속한 사람들 혹은 일반인들이 가까이하기 싫어하거나 두려워하는 사람들도 스스럼없이 만나게 될 수 있었다. 아둘람 굴의 두령이 된 다윗처럼 말이다.

내가 정신병원에 음악치료 프로그램을 진행하러 갔을 때이다. 프로그램 진행 중애 머리를 짧게 깎은 참여자 한 분이 손을 번쩍 들었다.

나: "왜 그러세요?
그: "선생님께 할말이 있습니다."
나: (살인미소를 지으며) "네, 말씀하세요."
그: (비장한 표정으로) "저는 앞으로 선생님을 형님으로 모시고 싶습니다."

그분은 소위 사람들이 '깍두기'라고 부르는, 즉 조직폭력배 그룹에 속한 사람이었다. 그는 감정과 충동을 조절하는데 어려움을 겪고 있어 가족 분들에 의해 정신과 치료를 받고 있었다. 그러던 중에 내가 진행하는 음악치료 프로그램에 참여하면서 나에게 끌렸든지 그런 고백을 하는 에피소드가 일어난 것이다.

나는 조폭에 대한 앙금이 있다. 내가 청소년 시절이었던 그 옛날, 한 살 연상이었던 그녀와 애틋한 연애 중 나를 질투한 동네 조무래기 건달들에게 흠씬 두들겨 맞은 기억이 있기 때문이다. 그렇지만, 이제 그 환우 분이 나를 형님으로 모시고 싶다고 했을 때, 나는 기분이 너무 좋았다. 내가 그의 마음을 열 수 있었고, 치유의 기쁨을 줄 수 있었구나 하는 생각이 들었기 때문이다.

나는 서울역 앞 노숙인들을 대상으로 음악치료 사역을 여러 해 동안 했었다. 그때 남녀 노숙인들을 많이 만났다. 나도 어렸을 때, 다니던 공장의 사장이 몇 달치 월급을 주지 않고 야반도주하는 바람에 나 역시 노숙자로 전락할 뻔했었다. 그런데 내가 나 자신을 허당으로 자각하기 전에는 노숙자에 대한 긍휼의 마음을 거의 갖지 못하고 살았다.

그런데 내가 나 스스로를 허당으로 지칭하고 나서부터 그들과 만나 재미있게 수다도 떨고, 노래도 부르고, 기도도 해 주었다. 노숙자들은 그런 나를 참 잘 따라 주었다. 그래서 노숙인복지관에서는 나의 프로그램 밑천이 다 떨어졌는데도 나를 여러 해 동안이나 불러 주었다.

그 6년 사이에 나를 잘 따랐던 어떤 형제는 아무도 배웅해 주는 이도 없이 멀고도 먼 길을 떠났다. 반면에 어떤 형제는 같은 처지의 자매를 만나 결혼을 했다. 나는 그들이 결혼을 할 때, 나의 친인척들이 결혼할 때 했던 축의금보다 더 많은 축의금으로 축하를 했고, 또 우리 교회 성도들로부터도 축의금을 걷어 그들의 새출발을 축복해 주었다. 지금도 그들 부부는 참 예쁘게 잘 살고 있다. 이렇게 나는 허당이 되고 나서부터는 진정으로 '아둘람 굴의 두령' 흉내를 낼 수 있게 되었고, 이것이 나의 복 중의 복이라고 생각한다.

하나님은 허당을 축복하시다!

내가 스스로 허당이 되었을 때, 나는 영적으로나 사회적으로 더 큰 복을 받았다. 영적으로는 내 안의 허영과 욕망과 야망을 비워 낼 수 있었고, 하나님은 그렇게 빈 가슴에 은혜를 채워 주셨다. 교회 정원의 꽃들과 나뭇잎을 통해서도 하나님을 발견할 수 있고, 나의 뺨과 꽃들과 나뭇잎을 스치고 지나가는 한 줄기 바람에도 하나님의 숨결을 느낄 수 있었다.

내가 만나는 수많은 약자들의 모습 속에서 예수님을 발견하고, 그들을 통해 인생 교훈을 많이 받고 있다. 사실, 내가 만나는 사회적 약자들의 모습은 바로 나의 옛날의 모습이었다. 나는 너무나도 일찍 세상에 던져진 서러운 실존이었다.

과거의 나는 저임금을 받으며 중노동을 해야 하는 소년 노동자였다. 탈선 청소년이 되어 어둠의 세계를 기웃거렸었다. 서슬 퍼런 검사의 표현대로 선량한 국민을 공포에 떨게 한 흉악범이 되어 빵잽이 인생을 살아야 했었다. 그렇게 과거의 나는 서럽고도 서러운 실존이었다.

그런데 내가 하나님의 은혜로 교도소에서 공부를 하여 신학대학교에 들어가고, 신학교 시절 서울 강남에 있는 교회들에서 전도사로 사역을 하다 보니 나도 모르는 사이에 내가 '강남 스타일'이라는 착각에 빠졌었다.

신대원 졸업반 때, 결혼을 놓고 금식기도를 하던 중에 하나님은 나로 하여금 다시 정신을 차리게 하셔서 신대원 졸업 1년 뒤에 일찌감치 받은바 사명대로 교회를 개척하여 이십 수년 동안 목사로 살고 또 사회에서 이런저런 완장을 차다 보니까 나도 모르는 사이에 내가 마치 원래부터 주류 계급에 속한 사람이라는 착각을 다시 하게 된 것 같았다.

나이 오십이 되었을 때, 나는 내가 허당이라는 사실을 깨달았다. 그런 깨달음을 얻은 후에 내 앞의 사회적 약자들이 바로 나였음을 깨닫게 되고, 내가 그들을 품을 때 하나님은 나를 품어 주시는 것을 느낄 수 있었다. 하나님의 은혜!

우리 교회는 작은 교회이다. 그러나 강한 교회이며 일을 많이 하는 교회이다. 배부르고 마음 부르고 영혼이 불러 웃을 일이 많은 교회이다. 나는 우리 교회가 그런 교회가 될 수 있는 이유 중에 하나가 내 자신이 나를 허당으로 인정했기 때문이라고 생각한다. 나는 목사가 욕망과 허영에 사로잡혀 있고, 신앙이 아닌 신념에 사로잡혀 있고, 그런 자신을 속이면 교회는 천국을 경험하는 것이 아니라 지옥을 경험하기 쉽다고 생각한다.

　암튼, 오늘 내가 누리는 가정과 교회에서의 맛있는 평안과 행복은 내 스스로 허당이 된 데서 오는 하나님의 축복이라고 생각한다. 그래서 나는 죽을 때까지 허당으로 살 것이다!

내가 목사로, 사회복지사로, 음악치료사로 살면서 깨달은 것은
남자에게 있어서나 여자에게 있어서나 가정의 건강과 행복이 가장 중요하다는 것이다.
하나님이 부르실 그날까지 아내와 함께 받은 바 사명을 잘 감당할 수 있기를!

17.
내 이름은 인플루언서,
인플루언서라 불러다오!

결혼 25주년을 맞이하여 리마인드 웨딩 촬영을 했다.
한 남자와 한 여자가 만나 사반세기를 무탈하게 살아왔다.

주의산만한, 그러나 감성적 소년

나는 어릴 때부터 가만히 있는 성격이 못 되었다. 할일이 없으면 여름에는 혼자 강에 나가 물고기라도 잡아왔고, 겨울에는 팽이도 직접 만들어 돌리고 썰매도 직접 만들어 탔다. 그러면서 사람들 뒷전에서 머무르기 좋아하고 차려진 밥상 받기를 좋아하는 것보다는 사람들과 함께하는 것을 좋아하고 사람들을 위해 밥상 차리는 것을 좋아했다. 그렇다고 해서 내가 스타도 아니면서 스타의식을 갖고 있거나 연예인도 아니면서 연예인 의식을 갖고 있다는 말이 아니다. 의외로 나는 다른 사람과 경쟁하는 것도 좋아하지 않고 소위 뜨고 싶다는 갈망도 없다. 다만, 나는 내가 하고 싶은 것을 하고, 그것을 즐길 뿐이다.

그렇게 외향적인 면도 강했지만, 감수성도 조금은 있는 편이어서 책 읽는 것도 좋아했고 괴발개발 글을 써서 나의 삶의 흔적을 남기는 것도 좋아했다. 내 나이 열여덟 살 때인가, 암튼 가짜 연애수기를 그럴 듯하게 써서 주간지에 실려 원고료를 받아 보기도 했고, 국립호텔에 있을 때 방장이 자신의 인생수기를 써 달라고 해서 써 준 적도 있다. 그 덕분에 개털인 내가 간식을 꽤 많이 얻어먹었더랬다. 아, 슬픈 날의 초상이여~! 암튼, 글 쓰는 것을 즐기지 않았다면 아마 남의 인생사를 써 준다는 게 고문이었을 텐데, 싫지 않고 재미가 있었다. 그래서 내 딴엔 머리를 쥐어짜내며 정말 열심히 써 주었는데, 내가 내 인생사를 쓰게 될 줄이야!

그러한 천성은 내 목회 사역에 그대로 연결되어 주보나 회보에 실을 칼럼을 직접 썼고, 그러한 글들을 재미있게 읽고 친구가 된 사람도 있고, 교회 성도가 된 사람들도 있었다. 인터넷이 보편화되기 시작했을 때는 오마이뉴스 시민기자나 지역인터넷 언론 시민기자도 했고, 목회자 그룹의 웹진에 칼럼을 쓰기도 했다. SNS 시대가 되자 페이스북, 네이버밴드, 카카오스토리, 인스타에도 글과 사진과 영상을 올리기 시작했고, 유튜브 크리에이터가 되어 유튜브에도 종종 영상을 올리고 있다.

그런데 내가 생산해 내는 게시물들은 사실 대중성이나 확장성이 별로 없다. 왜냐하면, 나는 설령 소소한 일상이나 특별한 이벤트를 게시하면서도 목사와 사회복지사와 음악치료사의 정체성이 뚜렷이 드러나기 때문이다. 예를 들어, 대중음악을 연주하면서도 목사 티를 낸다. 교회 안과 교회 밖의 경계, 목사와 그냥 사람 사이의 경계, 거룩과 세속의 경계를 자유로이 넘나들면서도 목사의 정체성을 드러내고 있다. 게다가 난 샤프한 젊은 목사도 아니고 조금은 늙다리 목사가 아닌가. 그러다 보니 나의 게시물들은 SNS 유저들로부터 열화와 같은 인기를 얻기란 불가능하다는 것을 나 자신도 잘 안다.

내가 SNS를 하는 것은 병적인 나르시스트이기 때문도 아니고 요즘 사람들이 말하는 관종이기 때문도 아니다. 나름대로 개인적인 이유와 목회적인 이유가 있다. 첫째는 내 천성대로 가만히 있는 성격과 체질이 되지 못하다 보니 예전처럼 무엇인가 삶의 흔적을 남기되 할 수 있는 한 내가 지향하는 폼생폼사의 삶을 잘 녹여낸 나만의 흔적을 남기고 싶은 마음 때문이다.

둘째는 내가 나를 지키기 위해 나 스스로에 대해 경계선을 그어 놓는 것이다. 가끔 나의 삶의 흔적들을 찾아보면 나의 신앙세계와 정신세계가 오염되지 않고 순수성을 지키고 있는지, 나의 삶이 과거의 어느 순간에 머물러 있는지, 날마다 진보하고 있는지를 알 수 있다. 그리고 나의 삶의 흔적들을 보면서 롱런하기 위해 내가 무엇을 지켜야 할지, 무엇을 붙잡거나 내려놓아야 할지를 생각할 수 있기 때문이다.

셋째는 김동문 스타일의 목회이다. 내가 SNS에 올리는 모든 게시물은 세상 사람들을 향한 나의 메시지이다. 이분법적인 사고나 이원론적인 신앙을 가진 사람들에겐 저 양반 목사 맞아? 하면서 고개를 갸우뚱거릴지도 모르겠다. 그러나 나는 일원론적 기독교 세계관을 가지고 있는 목사이며, 특별계시가 중요하면 일반계시도 중요하다고 생각하는 목사이며, 목회는 세상과 분리되어 하늘만 바라보며 사는 것이 아니라 도리어 세상 속 깊은 곳으로 들어가 사람들의 친구가 되고 세상에 선한 영향력을 끼칠 수 있어야 한다고 생각하는 목사이다. 그래서 나는 나의 소소한 일상에도 나의 영적 메시지를 담아내고, 나의 특별한 이벤트에도 나의 영적 메시지를 담아서 세상 사람들과 소통하는 것이다.

나는 내 딴엔 인플루언서가 맞다

앞에서 말한대로, 내가 생산해 내는 게시물들은 대중성이나 확장성이 별로 없다. 그런데 참 감사한 것은 내가 생산해 내는 것들을 좋아해 주시고, 나의 게시물 속에 들어 있는 메시지를 이해하는 것을 넘어 내가 살아가는 모습에 영향을 받아 자신의 삶에도 변화를 주는 분들이 있다는 것이다.

또 나는 대체로 남이 하지 않는 일 하는 것을 좋아하고, 남이 가지 않는 길 가는 것을 좋아하는 성향이 있다 보니 남들이 하지 않지만, 종교적으로나 사회적으로 필요로 하는 일이라고 생각되면 나는 도전을 해왔다. 예를 들어, 지역아동센터 사역도 그렇고 노인주간보호센터 사역도 그렇고 문화 사역이나 심리치료 사역도 그렇다. 내가 먼저 길을 만들고 깃발을 꽂으면 뒤따라오는 사람들이 많았다.

그런 점들을 생각할 때, 나는 인플루언서라고 할 수 있다. 그러나 더 인기 있는 인플루언서가 되고 싶다거나 돈을 벌고 싶다는 생각을 하지 않는다. 예를 들어, 난 내 삶의 V Log를 다루는 힐러TV라는 채널과 우리 교회 예배를 실시간 중계하기 위한 해빌리지TV, 또 음악치료 강좌를 위한 음악치료TV라는 세 개의 유튜브 채널을 운영하고 있다. 그런데 구독자 수는 매우 미미하다. 그 이유는 위에서 말했듯이, 내가 다루는 콘텐츠가 대중성이나 확장성을 가지고 있지 못하기 때문이고, 콘텐츠를 감각적으로 만들기보다는 나의 직업적 정체성을 살리는 콘텐츠를 만들어 내기 때문이다.

이번 장의 제목을 '내 이름은 인플루언서, 인플루언서라고 불러다오!'라고 정했지만, 인플루언서의 사회적인 조건들을 생각하면, 내가 나를 인플루언서라고 하는 것은 뻥치는 것이라고 할 수 있다. 그럼에도 불구하고 그런 제목을 붙인 것은 나 스스로 생각할 때, 온 오프 상의 내 주변에 허당 김동문의 삶의 스타일에 긍정적 영향을 받는 사람들이 분명히 있기 때문이다.

실제로, 내가 2019년에 나의 인생 자서전을 냈을 때, 그 책을 읽은 분 중에 내게 이런 피드백을 보낸 분이 있었다.
"- 상략 - … 목사님, 저도 하나님과 나만이 아는 비밀이 있는데요 … 많이 아팠고 … 지금도 아파요. 아픈데 그 아픔을 치유할 용기를 내지 못했었어요. - 중략 - … 목사님 자서전을 읽으면서 많이 울었고, 나도 목사님처럼 치유받을 용기를 내야겠다는 생각을 했습니다. 목사님, 감사합니다!"

또한 적어도 내게 피드백을 보내온 사람들 중에 겉으로는 사회적으로 안정을 얻고 있는 분들이 과거적 상처가 주는 아픔을 여지껏 가지고 살고 있는데, 그들은 나의 신앙 자서전에서 전혀 예상치 못했던 상처투성이의 허당 김동문을 발견하고는 '목사님은 좋은 집안에서 평탄하게 잘 살아오신 줄 알았는데….' 하며 자신들도 마음에 맺힌 한과 그 한이 주는 아픔이 있다고 한다. 그러면서 내가 자신과 같은 과인 것 같아 더 가까이하고 싶다고 했다.

나는 그런 피드백을 접하면서 나같이 부족한 사람이 그래도 동시대를 살아가는 이웃들에게 조금이라도 삶에 대한 긍정적인 영향을 끼치고 있구나, 그런 나는 인플루언서구나 하는 생각을 하게 되고, 나아가 앞으로도 하나님이 허락하시는 한, 허당 김동문 스타일의 삶을 유지하면서 보다 많은 사람들에게 긍정적인 영향을 끼치는 인플루언서가 되어야겠구나 싶어 그런 제목을 붙였다.

18.
내 이름은 시니어 모델, 모델이라 불러다오!

2021년 6월, 골드 클래스 월드 퀸 & 킹 모델선발대회에서
런웨이를 걷고 있는 모습이다.
CBS 엠마오 시니어모델 아카데미를 수료하였다.

어쩌다 시니어 모델

얼떨결에 시니어 모델에 데뷔했다. 지역에서 같이 활동하는 분 중의 한 분이 나보고 시니어 모델 해 보라고 등 떼밀었고, 옆에서 바람을 잡아 주는 분도 계셨기 때문이다. 그러다 보니 내가 정말 잘났나 하는 생각이 들면서 조금은 우쭐해져 CBS 엠마오 시니어 모델 아카데미에 덜컥 등록을 하고 말았다. 그러던 중 이 역시 얼떨결에 2021 골드클래스 시니어모델대회에 참가하게 되었다. 정말 내 인생에 핫한 경험이었다.

워킹도 그냥 걷는다고 워킹이 되는 것이 아니었다. 가슴은 쫙 펴고 단전에는 힘을 주고 머리를 들고 턱은 당기고 두 눈은 정면을 주시하면서 때로는 경쾌하게 때로는 우아하게 때로는 품위 있게 런웨이를 워킹해야 한다. 나는 약 3년간 정말로 열심히 걷고 달리는 중에 허리와 다리근육이 탄탄해져 있었기 때문에 비교적 빠른 시일 내 모델 워킹에 적응할 수 있었는데, 그렇지 않은 사람은 모델 워킹만 최소 몇 달은 배워야 한다. 워킹만으로 끝나는 것이 아니다. 런웨이에 나가 워킹을 하고 포즈를 취하는 것이 모두 연기하는 과정이다. 그러므로 워킹에 이어 포즈 연기와

한복을 입고 런웨이를 걷다가 포즈를 잡고 있는 모습, 나의 헤어 컬러와 미소는 프로 모델들도 부러워했다.

표정 연기도 되어야 하고 자기소개를 위한 스피치 훈련도 해야 한다.

나는 용감하게도 시니어 모델 워킹 수업한 지 불과 한 달여 만에 시니어모델 대회에 나갔다. 그리고 생애 처음으로 턱시도와 한복과 비치웨어를 입고 런웨이를 워킹하고 포즈를 취하고 스피치를 했다. 그래서 자그마치(?) 매너상을 받았다. 하하하~. 순위 엔트리에는 들지 못하고 그저 참가상 하나 받았지만, 그래도 그게 어디인가? 나 허당 김동문은 그 대회 참가를 시작으로 시니어 모델로 데뷔를 한 것이다. 나 이런 사람이야~!

나는 목사에다가 사회복지사에다가 음악치료사로서의 직업적 정체성을 가지고 있다. 즉, 내 평생의 직업이 인간을 전인적으로 돌보는 일을 하는 것이다. 그 와중에 내가 깨달은 것이 있다. 사람이 스스로 설수 있기 위해서는 무엇보다 자존감과 자기효능감이 있어야 한다는 것이다. 이 두 가지를 가지고 있는 사람은 자기 밥값을 해 내면서 자신을 행복하게 할 뿐만 아니라 가족에게도 사회에도 유익을 끼치는 사람이될 수 있다. 그러나 자존감과 자기효능감이 낮은 사람은 옆에서 누가도와줘도 스스로 서지 못하고 늘 다른 사람의 도움을 의지하거나 다른사람의 짐이 되기 쉽고, 자기가 자기를 불행하고 나아가 남도 불행하게만들기 쉽다.

나의 모델은 나 자신이다!

모델이 된다는 것은 심리치료적 관점에서 볼 때, 워킹과 포즈와 표정을 통해 자기를 표현하는 것이다. 즉, 모델은 무대에서 자기를 가장 잘 표현하는 법을 알고 기술을 익혀야 하는 것이다. 그런데 나는 심리치료 전문가로서, 모델로서 쇼 콘셉트에 맞게 사람들의 시선이 집중되어 있는 런웨이를 걷고 포즈를 취하고 표정을 짓는 자기 표현을 성공적으로 하게 되면, 거기서 자존감과 자기효능감의 증진이 이루어지는 것을 경험하게 된다. 그런 경험을 하고 나면 자신감이 솟고 우울의 정서가 긍정의 정서로 바뀌며 삶에 대한 열심과 애착이 더욱 강해진다. 또 모델로서의 신체적 상태를 유지하기 위해 건강관리에도 더욱 신경을 쓰게 되고, 걷는 걸음걸이도 달라져서 걷는 모습만으로도 자신의 건강성이 잘 드러난다.

앞 장에서 나는 나를 인플루언서라고 했다. 내가 시니어 모델대회 나간 영상을 SNS에 포스팅하면서 자랑을 했더니 의외로 많은 사람들이 좋아하면서 부러워하기도 하고 자신도 나가 보고 싶다고 하였다. 하물며 내년이면 80세가 되는 권사님도, 80세가 넘으신 장로님도 실버모델이 되고 싶다고 하였다. 그런 피드백을 경험하면서 내가 인플루언서가 맞긴 맞구나 하는 생각이 들면서 이 땅의 시니어들에게 모델 바람을 불어넣어 주고 싶다는 생각을 하게 되었다.

나는 이 세상의 모든 시니어들이 다 시니어 모델이라고 생각한다. 왜냐하면, 키가 큰 자나 작은 자나 얼굴이 잘 생겼거나 못 생겼거나 뚱뚱하거나 날씬하거나 지금의 시니어는 세상이 주는 모든 시련과 고난을 이겨 내고 현재에 존재하고 있기 때문이다. 또한 모든 시니어는 다른 누군가가 흉내낼 수 없는 그 사람만의 삶의 미학이 녹아 있다. 중년 여성의 팔뚝이 굵어지고 허리가 굵어졌기에 엄마의 아들딸이 건강하게 클 수 있었고, 중년 남성의 머리가 세어지고 얼굴의 고뇌에 드리워진 그림자는 고단한 세월의 짐을 지고 가던 중에 얻은 상급과도 같은 것이다.

그런 점에서 나는 시니어 모델을 등수로 매긴다는 것은 가당치 않다고 생각하고, 적어도 자기 자신이 용기를 내어 '난 시니어 모델이요.' 하면서 자기를 표현할 때, 그 사람에 걸맞는 상을 주어야 한다고 생각한다. 할 수만 있다면 난 그런 시니어모델 대회라는 명석을 깔고 이 땅의 많은 시니어들의 등을 떼밀어 시니어 모델이 되게 하고 싶다.

나는 내가 아닌 다른 어떤 누군가의 삶을 카피하려고 하지 않고 그냥 김동문의 삶을 살려고 발버둥쳐 왔다. 한국 교회에는 정말 젊은 목회자들이 닮고 싶어하는 기라성 같은 선배 목사들이 계셨고, 지금도 있으시다. 그리고 그분들을 목회의 롤모델로 삼고 싶어하는 목회자들도 많이 있다. 그런데 나는 신학교 시절부터 나의 과제가 제2, 제3의 아무개 목사 같은 목사가 아니라 세상에서 유일무이한 '김동문 목사'가 되고 싶었다.

또, 목회 트렌드를 따라 큰 교회에서 성도들에게 인기를 끌고 있는 성경공부 프로그램이나 제자훈련 프로그램 등을 모방하는 목회를 하기보다는 내가 하나님께 서원하고 하나님으로부터 받은 사명을 감당하는, 강남 스타일 목회를 흉내내는 것이 아니라 지역사회가 필요로 하는 '김동문 목사의 목회'를 하고 싶었다.

많은 세월이 흐른 후에, 나를 잘 아는 교단의 선배 목사 한 분이 이런 말씀을 하셨다.

"살렘교회는 김 목사만이 이끌 수 있는 교회야. 김 목사 목회를 감당할 수 있는 목사는 김 목사밖에 없어."

난 선배 목사의 말씀을 듣고 굉장히 기뻤었다. 왜냐하면, 나는 개척 이후 십수 년 동안이 흐를 때까지 주변으로부터 '목사가 목회를 하지 않고 딴짓한다.'는 걱정의 소리를 많이 들었었다. 그런데 극히 보수적인 선배 목사께서 '김동문 스타일 목회'를 인정해 주시니 마음이 기뻤던 것이다.

돌아다 보면, 결국 나는 어떤 목회 모델을 보고 따라하는 목회를 한 것이 아니라, 하나님께서 내게 주신 은사를 가지고 내가 하고 싶어하고 지역사회가 필요로 하는 '김동문 스타일의 목회', 즉 또 하나의 목회 모델이 된 것 같다. 글쎄, 이런 나를 가리켜 '그래, 당신 잘났소!' 할 사람도 있겠지만, 나는 김동문의 목회를 해 왔고, 이제 그게 안착이 되어 이런 고백까지 할 수 있게 되었다.

그것은 결국 우리 교회가 세상의 어떤 교회를 닮은 교회가 아니라 바로 '해빌리지 살렘교회'이며, 내가 세상의 어떤 목사를 닮은 목사가 아니라 바로 '김동문 목사'라는 것이다. 곧 해빌리지 살렘교회가 독자적인 교회 모델이며, 김동문 목사가 독자적인 목사 모델이라고 할 수 있지 않겠는가!

난 그녀의 모델이자 아들딸의 모델이고 싶다

다음으로 나는 그 여자의 남자 모델이다. 나는 조실부모하였기에 남자가 여자를 어떻게 사랑해야 하는지 '여자 사랑법'을 배우지 못했다. 그런 가운데 결혼을 했다. 목사고 사명이고 다 떠나 가정은 한 남자와 한 여자가 이루는 것이다. 그런데 나는 여자 사랑법을 학습하지 못했다 보니 여자로서 아내에게 '재수없는 남자'가 되는 순간이 많았던 것 같다.

올해로 우리 부부는 결혼 25주년을 맞이하였는데… 요즘 들어 느끼는 것은 신앙과 삶에 대한 마인드, 사회를 바라보는 시각과 관점, 우리 부부와 자녀들의 미래에 대한 소망 등 삶의 모든 것에 대한 생각이 비슷해지는데서 오는 기쁨을 많이 누리고 있다. 어떻게 보면 지금은 결혼 생활의 꽃을 피우고 있다고 할 수 있다. 정말이다.

그러면서 하게 되는 생각이 있다. 내 자신이 그녀의 남자 모델이 되는 법을 스스로 배워야 한다는 것이다. 아버지 탓하고 조상 탓해서 뭘 얻을 수 있는가? 오히려 탓하면 탓할수록 내 자신을 불행하게 하고, 내가 나를 불행하게 하면 그 불행의 에너지는 아내와 자식들에게로 전이가 된다는 것이다. 그러나 내가 그녀의 남자가 되는 법과 여자 사랑법을 학습받지 못하고 그녀의 남자가 되었으면, 겸손한 마음으로 하나 하나 배우면 된다는 것이다. 그러다 보면 어느 사이에 그녀의 모델이 된다는 것이다.

부부 사이에 있어서 이런 우스갯소리가 있다. 여자는 신혼 시절에는 남편이 '여보, 당신'인데, 한 10년 살고 나면 '그 인간'이 되고, 또 한 10년 더 살고 나면 '저 화상'이 된다고 한다. 어떤 남자는 자기 폰에 아내를 '독한 년'으로 저장해 두고 있고, 어떤 여자는 자기 남편을 '웬수'로 저장해 두고 있는 웃픈 일도 있다. 나는 시니어 모델로서, 무엇보다 아내의 남자 모델이 되었으면 한다. 내가 시니어 모델이 되기 위해 워킹 훈련도 하고 포즈와 표정 훈련도 해서 시니어 모델이 되었듯이, 아내의 남자 모델이 되는 것도 연습하고 훈련하면 충분히 될 수 있지 않을까 생각한다. 그렇게 그녀의 모델이 되면 늙어서도 이쁨받을 수 있으리라 생각한다.

우리 부부는 노인주간보호센터를 2007년 가을부터 해 오면서 수많은 어르신들을 돌봐 드리고 있다. 어르신들을 보면서 내가 깨닫고 배우는 것이 있다. 정신 줄 놓기 전에 배우자와 자식들에게 잘해야 한다는 것이다. 젊어서 가족에게 잘한 사람과 잘하지 못한 사람의 노년의 삶은 천지 차이이다. 그렇게 어르신들을 보면서 나는 무엇보다도 우선적으로 그녀의 모델인 남자가 되어야겠다는 생각을 하게 되었다.

다음은 자식들 앞에 아버지 모델이 되고 싶다. 나는 애비 에미 없는 자식으로 자랐다. 유아 시절부터 소년 시절까지 나에게 큰 바위 얼굴이 되어 주셨던 큰아버지와 큰어머니 댁에서 사촌들과 함께 성장하였지만, 애비 에미 없는 인생이었던 것만은 분명하다. 그래서 아들딸이 태어났을 때도 한없이 기쁘기도 하면서 동시에 마음 한구석에서 불안감이 스멀스멀 올라왔다. 내가 아빠 역할을 잘할 수 있을까 하는 생각에서 오는 불안감 말이다.

좋은 아버지 경험이 없는 아버지가 좋은 아버지가 되기란 참 힘들다는 것을 많이 느꼈다. 자식을 사랑하는 것에도 방법이 있는데, 나는 아버지로부터 자식 사랑법을 못 배웠기 때문에 나 스스로 배우고 익히는 수밖에 없었다.

자식을 사랑한다는 것이 집착이 되지 않게 하는 것, 자식을 사랑한다는 이유로 자식이 애비의 삶을 대신 살아 주고 애비가 이루지 못한 것을 대신 이루게 하려는 소망 아닌 욕망을 버리는 것, 자식 보호라는 미명 하에 애비가 인위적으로 쳐 둔 울타리에 가두어 두는 것, 자식을 위해 있는 힘, 없는 힘 다 쏟는 그 열정이 자식의 행복이 아닌 부모 자신의 한풀이하는 것 등등… 이런 어긋난 자식 사랑이 되지 않게 하는 아빠가 되는 것이 자식에 대한 나의 과제였다. 즉, 내가 나 스스로 좋은 아빠라고 하는 것이 아니라, 자녀들이 보기에 내가 아빠 모델이 되고 싶었던 것이다.

누군가가 이런 말을 했었다. 내가 SNS에 자녀들과 함께 밥도 먹고 여행도 가고 악기 연주도 하는 사진들과 영상들을 보고는 나는 강압적인 아빠고 아이들은 아빠에게 눌려 사는 것이 아닌가 하는 생각을 했는데, 그게 한두 번도 아니고 늘 그렇게 사는 것을 보면서 부모와 자식이 함께하는 것이 저 집안의 가족문화구나 하는 생각을 하게 되고 부럽기도 하다고 했다.

그렇다. 우리 가족은 우리 가족 특유의 연대와 연합 마인드가 있다. 가족 모두 한 믿음 한 마음 한 뜻을 가지고 있다 보니 무엇을 해야 할 때, 쉽게 연대가 된다. 그러면서 서로의 역할을 해낸다. 그게 우리 가족의 문화이다. 물론 아이들이 십대 시절엔 아빠가 가족과 함께하고자 하는 활동들에 대해 이따금 불만을 터뜨리기도 했고, 그러면 나는 삐지기도 했다. 아내는 이쪽 저쪽을 넘나들며 중재와 협상을 해야 했다. 그런 와중에 아이들도 잘 성장하면서 '우리 가족끼리'라는 연대와 연합 마인드가 형성되었고, 그런 마인드가 형성되니 가족문화가 생겼다.

자녀들에게 있어서 모델이 되는 아빠… 아마도 정상적인 사고방식과 상식을 가지고 있다면, 그것은 이 세상 모든 아빠들의 로망이 아닌가 싶다. 하지만, 그냥 로망으로 그치기 쉬운 것이기도 하다. 나는 내가 아이들의 아빠 모델이라고 말하고 싶은 것이 아니라 아이들이 나를 '아빠 모델'이라고 하는 말을 듣고 싶은 것이다. 아들과 딸이 아빠 엄마를 존재론적 남자 여자 모델로 또 사회적 존재로서의 모델로, 좋은 아빠 좋은 엄마 모델로 삼을 만한 그런 아빠 엄마가 되고 싶은 것이다.

그럴려면, 아빠인 내가 잘해야지 아이들 보고 잘하라고 해서는 안 된다는 것을 잘 안다. "너희들은 아빠 엄마처럼 살지 말아라."는 말은 자녀교육 중 제일 나쁜 교육이고, 말없이 삶으로 좋은 아빠, 좋은 엄마의 모습을 보여 주는 것이 가장 좋은 자녀교육이라고 생각한다.

그런 점에서 나는 아직 갈 길이 멀다. 나는 열 살짜리 아들을 데리고 아버지 산소에 가서 '나는 아버지 같은 아버지가 안 되겠습니다.'고 했던 그 맹세를 여전히 기억하고 있고, 내가 학습받지 못하고 훈련받지 못한 아빠의 한계를 넘기 위해 나름 열심히 공부하고 스스로를 훈련시키고 있다. 바라기는, 정말로 나는 아이들에게 아빠 모델이 되고 싶다.

아들이 건강하게 커 주어서 참 감사하다.
하나님의 은혜 안에서 자기 길을 잘 가기를 간절히 소망한다.

한국 교회의 목회 모델이 되고 싶다

여전히 거기에 서 있는 해빌리지 살렘교회
우리 교회는 동네 안에 있어 동네 사람을 위한 동네 교회이다.

마지막으로, 나는 종종 사람들로부터 우리 교회가 한국 교회와 목회
자들에게 좋은 사례요 모델 역할을 한다는 소리를 듣는다. 기독교 언
론이나 일반 공중파 방송에도 우리 교회가 하는 일이 여러 차례 소개가
되기도 했다. 또 누누이 말한대로 나는 남이 하지 않는 일을 남보다 먼
저 하고 없는 길을 만들어서 가는 개척자 정신이 있기 때문에 사서 고
생을 하고 먼저 매를 맞는 삶을 살아왔다. 그런데 그런 삶의 여정이 실

패로 끝나지 않고 나름 귀한 열매를 맺으니 많은 교회들과 많은 사람들이 뒤따라오게 되더라. 그리고 우리 부부는 뒤따라오고자 하는 사람들이 도움을 요청할 때면 아낌없이 우리가 시행착오를 겪으면서 축적된 노하우들을 전수해 주었다.

여기서 우리 부부가 배우고 깨달은 것이 있다. 주는 사람은 주는 것으로 만족해야지 주었기 때문에 반대급부를 기대해서는 안 된다는 것이다. 그리고 주고도 원망 듣기 쉽다는 것이다. 그 와중에 내가 갖게 된 은혜론은 3색 은혜이다. 즉, '은혜 받기'와 '은혜 지키기'와 '은혜 주기'이다. 은혜를 받았으면 그 은혜를 잘 지켜야 하고, 나아가 은혜를 세상으로 흘려보낼 수 있어야 한다는 것이다. 그러면서 은혜의 완성은 받은 은혜를 잘 지키고, 그 은혜를 주는 은혜로 승화시키는 것, 그것이 나의 은혜론이다.

암튼, 하나님이 우리 부부에게 주신 은사는 세상이 필요로 하지만 사람들이 잘 하려 들지 않는 일, 없는 길을 만들고 닦는 일에 도전하는 것과 마음먹은 것을 실행에 옮기는 실천력이다. 그리고 우리 부부가 인생을 바쳐 맺은 열매들을 사람들과 나누는 것, 이것이 우리 부부의 은사이다.

나는 예전엔 지구를 구할 수 있는 실력과 능력과 역량이 있는 줄 착각했었다. 그러다가 나야말로 허당 중의 허당이라는 사실을 깨달았다. 그 후에 시니어 모델이 되고 나서는 또 이런 깨달음을 얻었다. 우리 부부의 삶의 궤적이 남이 닦아 놓은 길을 허덕이며 따라가는 삶이 아니라, 우리가 하나님을 믿는 믿음과 하나님께서 주시는 은혜와 능력으로 없는 길을 만들며 닦아 왔고, 남이 안 하는 것을 하여 남도 하고 싶게끔 열매를 맺는 삶을 살아오는 동안 목회자들이나 주변 사람들에게 영향을 끼치는 인플루언서이자 사회적 모델의 역할을 해 왔지 않나 싶었다.

그러니까 또 이런 다짐을 하게 된다. 2%의 미학을 살리는 삶을 살아야 한다고. 다음은 내 경험칙이다. 남보다 2% 더 벌려고 하면 매일 지옥을 경험하고, 남보다 2% 더 내어 주려고 하면 매일 천국을 경험한다. 남보다 2% 더 벌려고 하는 사람은 심리사회적 거지이고 남보다 2% 더 내어 주려고 하는 사람은 심리사회적 부자라는 것이다.

목회를 하면서 남보다 2% 더 목회적 성공을 하려는 욕망을 가졌다가 불명예스럽게 실패하는 목회자들, 사회복지사업 혹은 노인요양사업을 하면서 남보다 2% 더 사회적 성공을 하려는 욕망을 가졌다가 불명예스럽게 실패하는 사람들을 많이 보았다. 그러면서 우리 교회의 사역과 우리 부부의 삶이 사회적 모델로 남기 위해서는 내가 정의하는 '남보다 2% 더 기여하거나 남보다 2% 덜 욕심을 내는 삶'을 살아야 한다는 것이다.

시니어 모델⋯ 시니어는 욕망이 가장 왕성한 시기이기에 넘어지기도 딱 좋은 시기라고 할 수 있다. 반면에 인생의 가장 원숙하고 완숙한 아름다움을 보여 줄 수 있는 시기이기도 하다. 그런데 나는 사람의 인생은 사람 스스로 책임질 수 없다는 것을 안다. 오직 하나님을 믿는 믿음 안에, 예수님의 구원의 은혜 안에, 성령의 능력 안에 거하여야만 자신의 인생을 책임질 수 있을 뿐만 아니라, 자신의 인생에 아름다움을 불어넣을 수 있다고 생각한다. 나는 그렇게 예수님 안에서 남의 인생을 흉내내기에 급급했던 것이 아니라, 김동문의 삶을 살고 싶어했고 그래서 김동문의 삶이 김동문 모델이 되는 그런 삶을 살고 싶은 것이다. 참으로… 꿈도 야무지다. 허허허….

19.
허당 부부, 결혼 50주년을 향해 달려라!

결혼 25주년을 맞이하여 리마인드 웨딩 촬영을 했다.
5년 단위로 우리 가족이 성장하는 모습을 보는 재미가 참 좋다.
집 거실 벽에 걸린 가족사진을 볼 때마다
하나님의 은혜와 사랑과 축복에 대해 감사하게 된다.

결혼 25주년을 맞이하다

세월은 그렇게 흘러 벌써 결혼 25주년이 되었다. 동기들에 비해 결혼이 늦어 아이들도 늦게 나왔지만, 그래도 아들이 장성하여 군복무를 마쳤고 딸은 내 모교의 후배가 되어 학교를 잘 다니고 있다. 우리 가정은 아내의 추진력으로 매 5년마다 리마인드웨딩 촬영을 하는 데 25년의 세월이 흐른 후의 우리 가족의 모습을 보니 참으로 감개무량했다. 그러면서 이쯤이면 가계에 흐르는 저주를 끊어 냈다고 할 수 있지 않겠나

싶었다.

사회복지 사역을 하다 보면 역기능 가정을 많이 만나게 된다. 물론 클라이언트 한 사람 한 사람 다 고귀하고 소중한 인격체이기에 생존권과 행복추구권을 보장받아야 한다. 그래서 사회복지사들은 클라이언트가 기본권을 누릴 수 있도록 최선을 다해 케어해 주어야 한다. 우리 부부 역시 정말 혼신의 힘을 다해 우리의 클라이언트를 남보다 2% 더 잘 케어해 주려고 노력해 왔다.

그러면서 동시에 옛날의 나는 몇 천 명, 몇 만 명 목회를 할 수 있게 해 달라고 고래고래 소리지르며 기도하는 열혈 목사 후보생이었는데, 목회 경륜이 깊어질수록 내 머리라도 잘 깎으면 다행이다 하는 생각이 들었다.

특히, 나는 흠과 허물이 많은 사람이 아닌가! 내가 아버지 전철을 밟지 않고 내 몫의 삶을 잘 살아 내고, 탕자처럼 방황하던 그 과거적 삶으로 돌아가지 않고 내 삶을 내 스스로 책임지며 사는 것만 해도 그게 어디야? 결혼생활에 실패한 아버지와는 달리 나는 결혼생활에 성공하여 25년 동안 이렇게 다복한 가정 일군 것만 해도 어디야? 우리 주님께서 기뻐하시고 나의 믿음의 어머니들의 사랑의 수고도 헛되지 않았다고 할 수 있지 않겠는가!

그래, 나는 분명히 여성의 입장에서는 딱 '재수없는 남자'이다. 뼛속 깊이 경상도 남자에다가 오만하고 이기적이고 지랄맞은 B형 남자이다.

게다가 어릴 때부터 혼자 돌아다니며 살다 보니 남편과 아버지에 대한 롤 모델이 없었다. 그래서 난 아들이 태어났을 때도 참 기뻤지만, 마음 한편엔 '아빠 역할 어떻게 하지?' 하는 두려움도 있었던 것이다. 마찬가지로 그렇게 하고 싶어하던 결혼을 했지만, '한 여자의 남편으로서 잘 해낼 수 있을까?' 하는 불안감도 있었다. 문제는 불안하면 배워서라도 잘하면 될 텐데, 오만하고 이기적이고 지랄맞아서 그냥 성격대로 25년을 살았다.

감사하게도 하나님의 은혜로 결혼 25주년을 맞게 되었다. 이제 내가 자신 있게 말할 수 있는 것은 더 이상 가계에 흐르는 저주의 사슬에 매여 있지 않고, 김동문이라는 남자와 신광숙이라는 여자가 한 믿음, 한 마음, 한 뜻을 가지고 평안하고 안정적이고 행복한 신앙 가문을 형성하였다는 것이다.

물론 그전에도 나는 주변 사람들로부터 과분하게도 우리 가정이 신앙 명문가라는 소리를 종종 들었다. 그러나 나는 그런 소리를 들을 때마다 참 감사하다는 생각을 했지만, 나 스스로는 감히 그런 소리를 못했다. 왜냐하면, 사람의 인생이라는 것이 내일을 아무도 기약할 수 없는 것이 아닌가! 그런데 결혼 25주년을 맞이하면서 이제는 내가 하나님의 은혜 안에서 신앙 가문을 이루었다고 말할 수 있는 자신이 생겼다. 그리고 내 자신이 그렇게 말할 수 있어서 참 기쁘다.

허당 부부, 결혼 50주년을 향해 달려라!

한국의 갈라파고스, 굴업도 해변을 달리고 개머리 언덕에 올라 촬영

우리 부부는 결혼 25주년을 맞이하면서 계획을 세운 것이 있다. 앞장에서 밝혔듯이 한 달에 한두 번은 부부가 같이 러닝을 하는 것이다. 그래서 한 해가 가기 전에 동해, 서해, 남해, 제주도의 바다를 달려 보는 것이다.

현재 강원도 동해의 정동진 해변, 삼척 맹방 해변, 경기도 서해의 강화도 동막 해변, 한국의 갈라파고스라고 불리는 굴업도 해변과 백패커의 성지라고 불리는 개머리 언덕, 화성의 궁평 해변, 충청남도 홍성의

죽도, 안면도의 꽃지 해변, 전라
남도 순천의 순천만 갈대밭, 해남
땅끝마을 해변, 부산 광안리 해
변과 거제도 바람의 언덕, 제주도
마라도 둘레길을 달렸다.

동해 망상 해변 러닝

나는 2018년 6월부터 걷고 달리
는 취미를 가지게 되었다. 그래서
틈만 나면 혼자서 달리곤 했다.
그 결과로 신체적 건강성이 매우
많이 향상되었고, 몸 상태가 좋아
지다 보니 마음 상태도 좋아졌다.
그러던 중 이따금 아내와 함께 걷거나 달리기 시작했다. 아내는 처음에
는 무척 힘들어 했지만, 횟수가 거듭될수록 점점 더 잘 걷고 잘 달리게
되었다. 그러다가 결혼 25주년을 맞이하여 월 1, 2회는 꼭 함께 달리기
로 계획을 세웠다.

내가 그런 계획을 세운 데는 이유가 있다. 첫째, 내가 걷고 달리면서
신체적 심리적 건강성이 많이 좋아지다 보니, 아내도 그런 건강성을
향상시켜 주고 싶었기 때문이다. 다른 부부는 어떤지 모르겠는데, 우
리는 나이가 들어가면서 점점 아내의 노동 강도가 나보다 더 세져 가
고 있었다.

우리 부부는 직업상 감정노동을 많이 하기에 늘 번아웃의 위험에 노

출되어 있다. 그런데 나는 관련 공부도 하고 외부 활동도 하면서 내 안에 쌓인 부정적 에너지를 발산하기도 하지만, 내가 그럴 동안 아내는 감당해야 할 일이 더 많아지고 쉼과 회복의 시간을 갖기가 더 힘들어지고 있었다. 또 천성적으로 집에 있기를 좋아하는 성격이라서 내가 데리고 나가지 않으면 나갈 생각을 하지 않는다. 그래서 아내의 건강성 증진을 위해서라도 밖으로 데리고 나가 나처럼 걷고 달리게 해야겠다는 생각을 하게 되었다.

처음에 한번 따라나섰다가 혼이 났는지 다음부터는 절대 안 간다고 하였다. 내 유혹(?)에 넘어가 두 번째 따라갔다 오고는 한번만 더 가자고 하면 가만 안 두겠다고 하면서 나를 때리려고 했다. 쳇~ 그런다고 내가 어디 포기할 사람인가? 제주도 놀러가자고 꼬드기니까 눈을 반짝이면서 좋아하였다. 그래서 제주도에 가서 가파도를 걸으면서 한 바퀴 돌았고, 다음 날에는 송악산 둘레길로 데리고 가서 바닷바람을 온몸으로 맞으면서 달렸다.

제주도 가파도 둘레길을 걷고 있는 모습

그 사이 아내의 몸은 서서히 원더우먼으로 변하기 시작했던 모양이다. 별로 힘들어하지도 않고, 오히려 걷고 달리면서 주변의 경관을 즐기기도 하였다. 사실 아내가 나와 함께 걷고 달리기 시작하면서 삶의 패턴이 달라지고 있었다. 예전엔 퇴근 후 내가 운동 가자고 하면 내 비위 맞추어 주려고 마지못해 따라나섰는데, 언제부터인가는 혼자서도 운동을 다녀오곤 했다. 그러더니 운동을 하니까 몸이 많이 가벼워졌다고 하면서 좋아하였다. 아내는 그렇게 서서히 원더우먼이 되어 가고 있었던 것이다. 아이들도 그런 엄마를 무척 좋아하였다.

둘째, 소통의 기쁨을 누리기 위해서이다. 나는 우리 동네 산책길 뿐만 아니라 아예 작정을 하고 전국 곳곳의 바다와 들과 산을 러닝 코스로 삼고 있다. 어떤 때는 차로 서너 시간을 달려 한두 시간 걷고 달리다가 다시 서너 시간을 차로 달려 집으로 돌아오기도 해야 하고, 어떤 때는 한두 시간 걷고 달리기 위해 1박 2일이 걸리기도 했다.

어떻게 생각하면 참으로 미련한 짓일 수도 있다. 그러나 우리 부부에겐 걷고 달리는 것이 소통의 기쁨을 누리는 시간임과 동시에 소중한 힐링의 시간이다. 다른 부부는 어떤지 모르겠지만, 우리는 평상시엔 서로 진중한 대화를 할 심적 여유가 없다. 차라리 퇴근하고 나면 내가 아내에게 말을 걸지 않거나 콩 내놔라 팥 내놔라 하지 않고 아내를 가만 내버려 두는 게 아내를 위해 주는 것일 수도 있다. 그런데 그게 좋을 것 같아서 또 그렇게 살기 시작하면 부부가 몸도 마음도 멀어지기 쉽지 않은가!

내가 "여보, 이번에는 순천만 갈대밭과 해남 땅끝마을을 달리러 가자. 됐나?" 하고, 아내는 "됐다!" 하면, 우리는 우리가 사용할 수 있는 연차나 월차를 내어 간다. 내가 아내와 함께 그렇게 러닝 여행을 하면서 기쁜 것은, 오며 가고 하는 동안 가정 이야기와 사역 이야기 등 이런저런 주제를 가지고 진중한 대화를 나눌 수 있다는 것이다.

그 시간은 남편과 아내의 시간이기도 하고, 자녀가 잘 되기만을 바라는 엄마 아빠의 시간이기도 하고, 동시대를 살아가는 남사친 여사친의 시간이기도 하고, 사명 잘 감당하기를 소망하는 동역자의 시간이기도 하다. 물론 우리 부부도 서로 생각과 생활방식이 다른 데서 오는 섭섭함과 실망스러움을 느낄 때도 있고 때로는 투덕거리기도 한다. 그러나 차츰차츰 소통의 묘미를 찾고 누릴 수 있는 지혜를 얻게 되었다.

특히 올해 매월 1, 2차례 러닝 여행을 하면서 집과 사역 현장에서 누릴 수 없는 소통의 기쁨을 누릴 수 있었다. 서로 교대로 운전을 하면서 이런저런 대화를 나누고, 탁 트인 바닷가나 들판이나 산을 함께 걷거나 달리면서 우리 두 사람이 육체적으로나 영적으로 한 방향을 향해 달리고 있다는 것을 몸으로 마음으로 느끼고, 또 달린 후에 근처 맛집에서 함께 시간적 여유를 가지고 음식을 먹다 보면 육체적 포만감과 더불어 심리적 포만감도 함께 누리는 힐링을 경험하게 된다.

셋째, 방향성과 일관성과 지속성을 공유하기 위해서이다. 우리 부부는 신혼 시절에 교회를 개척했다. 나도 이젠 청년의 시절을 지나 시니어 시대를 살고 있는 사람으로서, 나름 인생에 대한 답을 가질 만한 나이가 되었다고 생각한다. 내가 얻은 답은 개인적으로나 사역적으로나 사람은 방향성과 일관성과 지속성을 가지고 살아야 한다는 것이다.

난 예수님을 믿기 전에 잠깐이지만 치명적인 실수를 해서 교도소까지 갔었지만, 사실 나는 어릴 때부터 하루하루를 치열하게 살았었다. 연사공장, 철공소, 보일러제작공장, 외판원, 스탠드빠 웨이터 등등을 하면서 험한 세상에서 살아남기 위한 가열찬 노력을 했었다.

하지만 그렇게 열심히 살았지만 뭘 한 가지 진득하게 하지 못했다. 그런데 스물두 살 때의 겨울에 예수님을 믿고 나서부터는 지금까지 직진 중이다. 요즘 목회자들이 교회를 개척해도 롱런하기 힘들고, 청빙을 받아 갈지라도 한 교회를 10년 이상 섬기기가 점점 힘들어지고 있다. 우리 부부가 신혼 시절 교회를 개척할 수 있었고, 25년의 세월이 흐를 동안 한곳에서 여전히 달릴 수 있는 것은 우리 부부가 같은 방향성을 가지고 있기 때문이다. 그렇게 부부가 한 방향성을 따라 달리고 있는

왼쪽 사진은 홍성의 죽도 러닝 중의 모습이며, 오른쪽은 안면도 꽃지 해변 러닝 중의 모습이다.

것, 나는 그것은 하나님께서 우리 부부에게 부어 주신 은혜요 능력이라고 생각한다. 그리고 우리 부부가 러닝하는 시간은 그 방향성을 항상 생각하고 공유하는 시간이기도 하다.

다음으로 우리 부부는 삶과 사역의 미련스러울만치 일관성을 지켜 왔다. 우리 부부에게도 그 일관성을 지키기 힘든 위기의 순간들이 있었다. 사람을 통해 다가왔던 위기, 물질을 통해 다가왔던 위기, 내 속의 욕망과 야망을 통해 다가왔던 위기가 있었다. 그러나 감사하게도 25년의 세월을 살아오면서 우리 부부는 삶의 일관성과 사역의 일관성을 지킬 수 있었다.

그리고 그 세월은 우리 부부가 사역의 전문성과 전문적 역량을 많이 축적하는 세월이었고, 그 전문성과 역량을 많은 이들과 나눌 수 있게 하였다. 실제로 사회복지 분야와 문화예술 분야에 있어서 우리 교회는 적어도 남양주시에서는 선구자일 뿐만 아니라 오피니언 리더 역할을 하고 있다. 우리 부부가 그렇게 할 수 있는 것은 남이 가지 않는 길을 가고 남이 하지 않는 일을 하는데서 오는 고통과 고충을 겪으면서도 포기하지 않고 그 일이 우리의 종교적 운명이자 사명으로 여겨 일관되게 해 왔기 때문이다.

우리 부부는 결혼 25주년을 맞이했고, 교회 개척 25주년을 맞게 된다. 그렇게 25년의 세월을 일관되게 달려오다가 이제는 부부가 함께 바다를 달리고 들을 달리고 산을 달리되 일관성 있게 달리려고 노력하고 있다. 처음에는 나를 때리려고 했던 아내도 이제는 적응을 넘어 스스로 즐길 수 있는 마음의 여유도 생겼다. 아내와 함께 일관성 있게 달리면서 바라는 소망은 25년 동안 삶과 사역의 일관성을 지켰듯이 50주년을 향해 달려가는 그 여정에도 일관성을 지키자는 것이다.

우리는 순천만 갈대밭과 해남 땅끝마을 해변도 달렸다.

나는 B형 남자로서 오이지의 남자, 즉 오만하고 이기적이고 지랄맞는 성격의 소유자이다. 아내는 A형 여자로서 소세지, 즉 소심하고 세심하고 지랄맞는 성격의 소유자이다. 아내도 열 받으면 …좀 무섭다. 그런데 지난 25년의 세월을 돌아다보면, 우리 부부가 믿음의 경주를 함에 있어 같은 방향성과 일관성과 지속성을 담아낼 수 있었던 것은 허당인 내가 그래도 약간의 지혜는 있었기 때문인 것 같다. 허허허허….

나는 가정적으로나 목회적으로 중요한 결정을 해야 할 때, 나 혼자 독단적으로 결정을 내리지 않았고, 아내에게 일방적 순종과 헌신을 강요하지 않았다. 하나님께서 내게 주신 소원과 그 소원에 대한 계획을 아내에게 이야기를 하였고, 아내는 기도를 하는 가운데 나의 소원과 계획이 자신의 소원이 되고 나의 계획에 따를 용기를 낼 때, 나는 나 특유의 추진력을 가지고 행동으로 옮겼다.

25년의 세월 중에서 대표적으로 교회를 개척하고, 교회를 건축하고, 모교의 후배들을 위한 장학사업을 하는 것이 우리 부부에겐 큰 결단과 헌신을 필요했는데, 나는 아내가 결단하고 헌신한 그 순간을 하나님의 응답으로 받아들여 행동으로 옮겼었다. 그런 나에 대해 남자가 여자 치마폭에 둘러싸여 산다고 흉볼 사람이 있을지 모르겠지만, 나는 나 스스로를 허당이라고 평가하면서도 나의 마음과 아내의 마음이 같아진 순간을 하나님의 응답으로 여기며 살아온 점은 칭찬을 받아 마땅하다고 생각한다.

어르신들을 돌보는 사역을 하면서 내 삶에 많은 영향을 미치는 깨달음이 있다. 사람이 정신 줄을 놓으면, 믿음도 사라지고 본능만이 남는다는 것이다. 평생을 하나님과 교회를 위해 헌신하고 충성해 오셨던 목회자와 중직자들도 치매가 오니 일반 어르신과 똑같아져서 생물학적 본능에만 충실한 모습을 보이거나 믿지 않았던 어르신들보다 더 고약한 모습을 보이는 경우가 많다는 것이다. 또 2, 30년 가정과 가족들을 희생시키면서 헌신해 놓고도 모자라 3, 40년 가정과 가족들에게 부양 부담을 지우는 사람들도 많다는 것이다.

어르신들은 나에게 당신들의 온몸을 통해 가르치신다. 젊고 힘 있을 때, 그 힘을 한을 쌓는 데 쓰지 말고 쌓인 한을 풀고 행복하게 사는 데 쓰라고 말이다. 그래서 나는 스스로 발칙해질 용기를 내었다. 그 용기로 아내와 함께 바다와 들과 산을 걷고 달리고 있다. 결혼 50주년을 맞이할 때까지 달릴 생각이다.

부산 광안리 백사장 러닝

거제도 도장포와 바람의 언덕 러닝

한반도의 제일 남단, 마라도를 달리는 기염을 토했다.
달리면서 이런 생각을 했다.
50주년을 맞이할 때까지 방향성과 일관성과 지속성을 가지고 달리겠다고.

올해 우리 부부는 의기투합하여 우리나라 바닷가를 다 달리기로 했었다.
동해 정동진의 겨울바다를 시작으로 동해, 서해, 남해를 달리고 마라도까지 달렸다.
그러던 중에 정이 더 듬뿍 들었고, 생각이 같아졌다.
그러다 보니 이 평화, 이 행복을 계속 지키고 누릴 자신이 생겼다.

에필로그

내가 이렇게 인생사를 기록하면서 끊임없이 내게 물었던 질문이 있다. "왜, 무엇 때문에 쓰는가?"

내가 처음 하나님 경험을 하고 목사가 되기로 서원하였던 이십대 시절엔 참 순수했었던 것 같다. 교회를 개척했었던 삼십대 시절엔 순수가 엷어지면서 소망을 빙자한 야망이 내 속에서 서서히 꿈틀거렸던 것 같다. 사십대 시절엔 신앙과 신념이 충돌하며 갈등을 일으키다가 나도 모르는 사이에 나의 신념을 신앙화시키면서 그런 나를 합리화시키려고 무던히 많은 애를 써 왔던 것 같다.

오십대에 들어서면서 송충이에다가 공돌이에다가 빵잽이였던 나 자신의 약한 모습을 숨기고 마치 원래부터 신앙 명가의 후손인 것처럼 보이려고 신분세탁을 하고 싶어 하는 속물로 변해 가는 나 자신을 발견할 수 있었다. 많이 괴로웠다.

바울 사도가 자신의 약한 것을 자랑하고 예수 그리스도의 강함을 자랑하고 싶어 했듯이, 어느 날 갑자기 나도 이 시점에서 나의 약함을 드러내고 예수 그리스도의 강함을 자랑하고 싶었다. 그동안 누가 물어보는 이도 없었고, 그런 마당에 굳이 나의 아픈 과거를 드러낼 필요도 없었다.

그런데 내가 이십대 초반이었던 어느 날 강한 끌림에 의해서 목사가 되기로 서원하였듯이, 이번에도 그냥 강한 끌림이 있었다. 그래서 거의 일주일에 한 편씩 내가 살아오는 동안 얻었던 혹은 내가 스스로 붙였던 별명을 중심으로 SNS에 글을 올리기 시작했다.

그렇게 글을 한 편 한 편 올리다 보니 내 머릿속에서 "이 시점에서 너는 왜, 무엇 때문에 너의 인생사를 쓰느냐?" 하는 질문이 생겼다. 스스로 질문하고 스스로 답을 내렸다. "나의 약함을 드러내어 주님의 강하심을 증거하고 싶다."는 것이었다. 주변 사람들은 나를 가리켜 자수성가한 사람이라고 하는데, 그럴 때마다 나는 자수성가한 사람이 아니라 주변의 많은 분들이 도와주셨기 때문이라고, 주님의 은혜와 사랑 때문이라고 말한다. 진심이다!

이 시대의 젊은이들에게 용기를 주고 싶었다. 오늘날 자기 자신을 무수저 혹은 흙수저라고 하는 많은 젊은 청년들이 낙심과 좌절과 절망 속에서 살아가는데, 나야말로 무수저 중의 무수저 출신이 아닌가! 그러나 하나님의 은혜로 어둠 속에서 빛을 발견하였고, 빛이 있을 동안 빛 가운데로 걸어가려고 노력하였을 때 하나님은 은혜를 베풀어 주셔서 내 자신을 옭아매었던 불행의 끈을 끊을 수 있게 하셨다. 송충이요 공돌이요 전과자였던 나같이 천박하고 무능한 인간도 하나님이 도우시면 꿈을 이룰 수 있다는 것을 말해 주고 싶었다.

나는 음악치료사로서 노숙자들도 많이 만났다. 정신병원에 입원한 환우들도 많이 만났다. 이 모양 저 모양 내적 상처와 아픔을 가지고 살아가는 사람들을 많이 만났다. 그런 분들 중 많은 이들이 오늘의 문제보다도 과거의 상처와 아픔을 극복하지 못해 오늘을 아파하거나 좌절과 절망 속에서 살아간다. 하물며 신앙을 가지고 있으면서도 신앙으로 그 상처와 아픔을 이겨 내지 못하고 오늘을 불행하게 사는 사람들도 많이 있다. 그런 이들에게 희망과 용기를 주고 싶었다.

나를 격려하고 용기를 주고 싶었다. 나는 태생적 신분과 아픈 과거 경험에서 오는 열등감이 심했다. 감사하게도, 하나님은 나로 하여금 열등감 때문에 인생 패배자가 되게 하지 않으셨다. 도리어 열등감의 에너지를 나를 발전시키고 성장시키는 에너지로 바꾸어 주셔서 어제의 불행을 이겨 낸 오늘의 승리자가 되게 하셨다.

그러나 나는 아직도 가야 할 길이 멀기만 한데 몸과 마음이 점점 약해지고 병이 들어가는 것 같았다. 그동안 공부도 할 만큼 하고 일반 목사들과는 달리 다양한 경륜도 많이 쌓았다. 그래서 사회적 역량도 많이 쌓였지만, 정작 나는 신체적으로 정신적으로 쇠약해지고 있었다.

그런 가운데 약한 나를 강하게 하시고 가난한 날 부요하게 하시고 쓸모없는 나를 쓸모 있게 하신 하나님을 생각하게 되었다. 그러면서 나의 약한 것을 드러내고 주님의 강하심을 증거한다면, 주님께서 다시 나에게 힘을 주셔서 내가 가야 할 길을 건강하게 가게 하실 것이라는 믿음이 생겼다.

> Dum Spiro, Spero!
> 숨 쉬는 한, 나는 희망이 있다!
> Spero Spera!
> 나는 희망을 가졌다. 너도 희망을 가져라!

이 글을 읽는 독자들에게 약한 자를 강하게 하시는 주님의 은혜가 크게 임하기를 소망한다!

> 나에게 이르시기를 내 은혜가 네게 족하도다
> 이는 내 능력이 약한 데서 온전하여짐이라 하신지라
> 그러므로 도리어 크게 기뻐함으로
> 나의 여러 약한 것들에 대하여 자랑하리니
> 이는 그리스도의 능력이 내게 머물게 하려 함이라
> – 고린도후서 12:9 –

나의 총신 신대원 동기 김순원 목사(구리시 예인교회)가 나의 책을 읽고 장문의 감상문을 페이스북에 올렸다. 사실, 이 책을 내면서 나름 교계의 유명 인사들이나 정관계의 추천사를 받아 넣고 싶은 마음도 있었다. 그러나 그 또한 내 안의 속물 속성에 다름 아니라는 생각이 들어 하지 않았는데, 친구의 시선으로 본 허당 김동문에 대한 감상문은 꼭 넣고 싶었다.

아래의 글은 나의 인생사를 읽은 동기 김순원 목사의 감상문이다.

허당(虛堂) 김동문

#1.

1993년 3월 총신신대원에 입학했다. 당시 양지 캠퍼스는 삭막했다. 지명은 '양지'인데 실제는 너무 춥고 스산해서 '음지'였다.

하지만 80년대 한국 교회에 동시다발적으로 임한 성령의 불을 받고 주님을 위해 목숨 바친 뜨거운 젊은이들이 음지와 같은 양지 동산에서 지성과 영성의 양날 검을 예리하게 갈고 있었다.

하지만 근질근질한 젊은이의 피는 어디론가 발산하지 않을 수 없었다. 소위 운동권으로 분류된 이들을 중심으로 수업 마치기 무섭게 엉성한 운동장에서 축구파들이, 허름한 서점 앞에는 족구파들이, 식당 위의 탁구장에는 탁구파들이 열과 성을 다해 뛰고 또 뛰었다.

#2.

당시 우리 동기는 600명이 넘었다. 1반~6반까지 있었고, 두 반씩 합반하여 강의를 들었다.

학기 말이 되었고 기말고사를 앞두고 있을 즈음, 어떤 이가 '강의자료집'을 책으로 묶어 팔고 있었다. 너도나도 강의안을 샀고, 나도 사지 않으면 기말고사를 망칠 것 같은 불길한 예감이 들어 샀다. 강의자료집에는 교수들의 강의가 거의 토씨 하나 빠뜨리지 않고 기록되어 있었고, 심지어 교재보다 훨씬 더 잘 정리되어 기말고사 준비가 수월했다. 도대체 누가 강의자료집을 만들었을까 궁금하던 차에 누군가 말해 주었다. 2반의 '필립스 김'이라고. 어느새 동기들 사이에 필립스 김은 유명 인사가 되었다.

처음 본 필립스 김!

그는 축구파도, 족구파도, 탁구파도 아니었다. 그렇다고 기도굴에서 주여, 주여 외치는 영성파도 아니었다. 강의실과 기숙사를 오고 갈 때마다 가끔 보게 되는 그는 늘 뭔가 옆구리에 끼고 부지런히 오가던 모습만 어렴풋이 생각나는 것을 보니 학구파였는가? 외모는 비쩍 말랐고, 선 굵은 테 안경을 썼고, 입술은 좀 도톰한⋯. 내 눈엔 영락없는 촌놈(?)이었다. 촌놈은 촌놈을 금방 알아볼 수 있다.

당시 수업 시간 풍경은 교수님은 혼자 열심히 떠들며 강의했고, 학생들은 볼펜 한 자루에 의지해 부지런히 강의안이나 노트에 메모하였다.

그런데 필립스 김은 처음 보는 신통방통한 기계로 열심히 받아쳤었다. 나중에 알게 되었는데 그가 가진 기계는 노트북이라 했다. 당시 컴퓨터도 흔치 않은 때라, '노트북' 이름조차도 내겐 생소했다. 어쨌든 3년 내내 필립스 김 때문에 우리 동기들은 편하게 기말고사를 볼 수 있었다.

#3.

세월이 흘렀다. 가끔은 필립스 김이 생각났다. 틀림없이 목회 멋지게 잘 하고 있겠지…. 3년 전 우리 89회가 총신 홈커밍데이 주최 기수가 되어 여기저기 흩어져 사역하던 동기들을 찾았다. 근데 필립스 김동문은 나랑 같은 남양주 시민으로 그리 멀지 않은 곳에서 목회를 하고 있었다.

졸업 후 20년 만에 만났을 때 그는 완전히 딴사람이었다. 푸짐한 몸매에 머릿결은 이미 할배였다. 기타 하나 들고서 거의 딴따라 수준의 음정으로 노래를 부르는데 흥이 있었다. 가락은 뽕짝과 가요인데 가사는 목회자로 살아온 우리들의 마음을 울렸다.

♫♫♫ 야~ 야~ 야~ 내 나이가 어때서~~

목회하기 딱 좋은 나인데… ♫♫♫

그는 내가 예상했던 그런 목회자가 아니었다. 처음 보는 이상한 목회 캐릭터였다. 저래 목회해도 되나 싶었다. 그렇게 만난 필립스 김은 동기밴드에 제집 드나들 듯 매일 자신의 목회 일상을 올렸다. 늘 기타 들고 할매 할배들과 놀던 모습들, 사시사철 교회 마당서 밑에서 찍고, 위에서 찍은 자신의 모습들, 주방에서 뽀글거리는 국과 반찬 만드는 모습들, 머리에 띠를 두르고 전국 각지를 달리는 모습들.

참으로 기이했고, 괴짜였고, 순수했다. 어느새 그의 별칭도 필립스 김에서 허당 김동문으로 바뀌어 있었다. 세상과 나는 간 곳 없고 구속한 주만 보이는 빈집 허당. 스스럼없이 자신을 허당이라 소개하며 자신을 낮추고 비워 구속한 주님만 채우려는 그의 모습이 귀해 보였다.

#4.

며칠 전, 밥 한 끼 하자고 찾아왔다. 그리고 책을 냈다고 사인해서 내밀었다. 표지엔 그가 늘 보던 그 웃음으로 팔짱 끼고 서 있었다. 그리고 그 모습 옆에 책 제목이 있었다. '약한 나로 강하게'

궁금 반, 호기심 반 받자마자 단숨에 다 읽었다. 아니 읽었다기보다 읽혀졌다. 책을 덮고서 많이 울었다. 많이 아팠다. 많이 감동했다. 그리고 고마웠다. 그렇게 아픈 과거가 있었는데도 멋지게 살고 있어서.

전혀 몰랐다. 정말로 그는 금수저인 줄 알았다. 그래서 한때는 그를 부러워하기도 했다. 근데 금수저는커녕 나 같은 흙수저 축에도 끼지 못하는 무수저의 아무것도 없는 빈집 허당 인생이었다. 고아였고, 공돌이였고, 빵잽이였다. 그래서 허당은 늘 아팠고, 늘 외로웠고, 늘 우울했다. 그가 살아온 인생 여정은 평범조차도 못했다.

그런데 아무것도 없는 무수저 허당 인생인 그에게 주님이 찾아가셨다. 그리고 그 허당에 말로 다 표현할 수 없는 은혜로 채우기 시작하셨다. 주의 은혜가 채워지니 공돌이었던 그가 책을 잡고 밤새 씨름하는 책돌이가 되었고, 빵잽이였던 그가 이제는 도리어 빵잽이를 선도하고 위로하는 사랑쟁이가 되었고, 주변에 아무도 없는 고아였던 그에게 이제는 사랑스런 가족들이 함께 행복을 노래하는 행복쟁이가 되었다.

4년 전, 예상치 못한 큰 아픔을 겪고 있던 내게 그는 몇몇 동기 목사들을 불러모아 진심으로 위로하며 기도해 주었다. 그때 참 많은 위로를 받았는데 이제야 깨닫게 된다. 아픔이 뭔지 알기에 누구보다 나의 아픔을 아파했고 어루만져 주었던 거다. 그는 자서전에서 스스로 송충이었고 빵잽이었다고 했지만, 내가 보니 그는 진국이다.

#5.

우울하고 어두워 세상 줄 끊으려고 사선에 서 있던 그를 찾아간 주님이 오랫동안 다듬고 광내어 보석으로 만들었다. 그러기에 그는 자신이 만난 그 하나님을, 오늘도 소외되고 맘 아픈 이들에게 찾아가 기타 치며 클라리넷을 불며, 웃음 가득한 모습으로 전하며 위로한다.

그대가 같은 목사라서 좋고, 같은 동기라서 좋고, 같은 남양주 시민이라 좋다.